Frauke Scheunemann • Antje Szillat
Bulli & Lina
Ein Pony ermittelt

Bereits erschienen:

Band 1: Bulli & Lina – Ein Pony verliebt sich
Band 2: Bulli & Lina – Ein Pony lernt reiten
Band 3: Bulli & Lina – Ein Pony springt ein
Band 4: Bulli & Lina – Ein Pony ermittelt

Frauke Scheunemann · Antje Szillat

Bulli & Lina

Ein Pony ermittelt

Mit Illustrationen von Susanne Göhlich

Band 4

Loewe

Papier aus verantwortungsvollen Quellen
FSC® C014496

ISBN 978-3-7432-0375-4
1. Auflage 2019

Dieses Werk wurde vermittelt durch die Keil & Keil Literatur-Agentur GbR, Hamburg, und die Literarische Agentur Thomas Schlück GmbH, Hannover.
Illustrationen: Susanne Göhlich
Umschlaggestaltung: Ramona Karl
Printed in the EU

www.bulliundlina.de
www.loewe-verlag.de

Inhalt

Lina ausser Rand und Band

„MAMA!“, rufe ich von der oberen Treppenstufe hinunter in die Küche, wo ich meine Mutter vermute. „MAAAMAAA!“

Tatsächlich liege ich richtig mit meiner Vermutung, denn die Küchentür wird aufgerissen und meine Mutter kommt in die Diele gestürmt. Ihre Wangen glühen wie zwei Feuerbälle und ihre Augen sind mindestens so groß und rund wie Untertassen.

„Was ist passiert? Bist du krank? Hast du dich verletzt?“, will sie aufgeregt von mir wissen.

Typisch Mama, immer denkt sie sofort, irgendetwas sei passiert. Ist das eigentlich so ein eingebauter automatischer Mutter-Gedanke?

„Alles okay, Mama, keine klaffende Wunde, kein gebrochener Zeh oder sonst was Lebensbedrohliches“, versichere ich ihr grinsend, während ich die Treppe runterhüpfe.

„Und warum schreist du dann so?“, motzt sie mich an. „Ich hab vielleicht ’nen Schreck gekriegt. Lina, wirklich ...“ Mama stemmt die Hände in die Seiten und guckt mich vorwurfsvoll an.

Ich hauche ihr schnell ein Liebste-Tochter-Küsschen auf die Wange. Sofort werden ihre Züge wieder weicher. Tja, ich weiß eben ganz genau, wie Mama tickt.

„Nicht schimpfen, Mama", säusele ich zuckersüß, „freu dich lieber mit mir. Gerade habe ich mit Jette telefoniert. Sie und Trine kommen mich besuchen. Ist das nicht klasse?!"

Mama nickt. „Oh, Lina, es freut mich, dass es jetzt endlich mal mit einem Besuch der beiden klappt."

Endlich trifft es übrigens hundertprozentig, denn so allmählich wurde es auch mal Zeit. Schließlich wohne ich schon seit den letzten Sommerferien auf dem Hof von Onkel Hape in der Lüneburger Heide und meine besten Freundinnen haben mich noch nicht ein einziges Mal besucht. Das liegt in erster Linie daran, dass ich zuerst überhaupt nicht hier sein wollte und ganz doll darauf gehofft habe, dass wir zurück nach Hamburg gehen. In mein altes Zuhause, in meine alte Schule, zu meinen besten Freundinnen. Doch irgendwann hat es dann doch angefangen, mir hier zu gefallen – woran ein schwarzes Pony namens Bulli nicht ganz unschuldig ist. Und inzwischen bin ich knallfroh, dass wir hierherge-

zogen sind. Nur Jette und Trine, die vermisse ich noch immer ganz, ganz schrecklich.

Aber jetzt hat das Vermissen ja bald ein Ende. Schon am nächsten Wochenende kommen die beiden mich besuchen – und zwar für fast vier Tage, weil Freitag nämlich schulfrei ist.

Ich freu mich wie verrückt. Ich freue mich sogar so verrückt, dass ich am liebsten wie ein durchgeknalltes Fohlen durch die breite Diele springen möchte.

Doch in diesem Moment kommt Onkel Hape zur Haustür herein und ich kann mir das Springen gerade noch so verkneifen.

„Hey, Lina, du siehst aber gut gelaunt aus", stellt Onkel Hape erfreut fest.

Okay, okay, ich gebe es zu, die letzten Tage war ich vielleicht ein kleines bisschen ... hm ... gereizt ... zickig ... schlecht gelaunt. Aber das ist auch wirklich kein Wunder, denn Pia, die eigentliche Besitzerin meines heiß geliebten Ponys Bulli, hat laut darüber nachgedacht, ihn zu sich nach Frankfurt zu holen, wo sie zurzeit studiert.

Mein Puls fängt gleich wieder wie irre zu rasen an, wenn ich nur daran denke. Zum Glück sind die Schulze-

Naumanns dagegen. Sie finden, dass Bulli auf seine alten Tage nicht noch mal umziehen sollte. Außerdem sind er und ich ein supergutes Team und auch Lucas meint, dass wir auf gar keinen Fall getrennt werden dürfen.

Ich glaube, Pia hat das inzwischen auch irgendwie eingesehen. Doch ganz sicher bin ich mir nicht.

„Lina bekommt Besuch aus Hamburg", sagt Mama und bringt damit Onkel Hape auf den neusten Stand.

Onkel Hape grinst, als würde *er* den Besuch kriegen. Aber so ist das immer bei ihm, er kann sich irre doll für andere freuen. Mama meint, das wäre eine von den ziemlich vielen guten Eigenschaften, die sie so sehr an Onkel Hape schätzt. Das klingt jetzt vielleicht, als wären Mama und Onkel Hape ein Paar ... also ein richtiges Liebespaar. Aber so ist es nicht. Onkel Hape ist der Bruder meines Vaters, den ich allerdings nicht kenne, weil er irgendwo am anderen Ende der Welt wohnt. Hm ... hört sich ziemlich kompliziert an. Aber im Grunde zählt doch nur, dass wir so, wie es ist, glücklich sind.

Jetzt bin ich aber gerade einfach nur überüberglücklich, dass dreieinhalb Tage mit meinen besten Mädels vor mir liegen.

Hach, wie sie mir fehlen ... echt krass. Wenn Lucas das wüsste, dann wäre er bestimmt enttäuscht. Schließlich ist er hier in der Lüneburger Heide mein allerbester Freund und wir verbringen jede freie Minute miteinander.

Mit Lucas ist es echt klasse. Total. Wir hängen im Stall bei den Pferden herum oder sind auf dem Reitplatz. Wir haben auch richtig viel Spaß daran, mit Karlchen Kotelett und den Hunden von Onkel Hape durch Feldmark und Wälder zu streifen. Jede Hunderunde und jeder Ausritt mit Bulli und Lucas' Pferd sind irgendwie wie ein Abenteuer. Nur eben über so richtige Mädchensachen, wie zum Beispiel Klamotten und Schminke und ähm ... na ja, süße Jungs, darüber kann ich natürlich mit Lucas nicht unbedingt quatschen.

„Dann kommt ja ordentlich Leben in die Bude", lacht Onkel Hape.

Mama tätschelt mir den Unterarm. „Sollen die beiden im Gästezimmer schlafen oder wie hast du dir das vorgestellt?"

„In meinem Zimmer."

„Gut." Mama nickt.

Auch wieder typisch Mama. Kaum hört sie, dass wir Besuch bekommen, fängt sie in Gedanken schon mit den Vorbereitungen dafür an.

„Aber Mama, sie kommen doch erst am Donnerstagnachmittag, also in vier Tagen. Das dauert doch noch ewig."

Mama winkt ab. „Vier Tage vergehen wie im Flug und wir wollen doch, dass Jette und Trine sich hier auch wohlfühlen. Oder?"

Da muss ich ihr natürlich recht geben. Allerdings nur, was das Wohlfühlen angeht. Vier Tage können sich wie Kaugummi ziehen, wenn man sich wünscht, dass sie ganz schnell rumgehen.

„Und wie war das noch mal mit Trine, hatte die nicht diese Laktose-Unverträglichkeit?", überlegt Mama. „Ha, da muss ich dann bei den Mahlzeiten unbedingt darauf achten."

„Im Gästezimmer hätten Linas Freundinnen es aber schon irgendwie gemütlicher", gibt Onkel Hape zu bedenken. „Da haben sie wenigstens vernünftige Betten."

„Tja, das stimmt wohl", nickt Mama und schaut mich nachdenklich an. „Lina, wäre es so schlimm, wenn wir sie im Gästezimmer unterbringen?"

Doch mein Entschluss steht fest: Ich möchte jede Minute mit Jette und Trine zusammen sein. Schließlich gibt es nichts Schöneres, als abends im Bett zu liegen und stundenlang mit seinen Freundinnen über alles Mögliche zu quatschen.

„Dann holen wir eben ...", erkläre ich entschlossen.

Mama zuckt resignierend mit den Achseln und auch Onkel Hape hat wohl eingesehen, dass ich meine Meinung nicht ändern werde.

„Dann trage ich mal die Matratzen rüber", murmelt er, während Mama zurück in die Küche marschiert. Bestimmt will sie den Kühlschrank und die Vorratsregale auf laktosefreie Lebensmittel checken und gleichzeitig eine meterlange Einkaufsliste erstellen.

„Ich lauf mal schnell zu Bulli rüber!", rufe ich ihr hinterher und bin auch schon zur Haustür raus.

Puh, ich bin so gespannt, wie Jette und Trine meinen Bulli finden. Und was sie wohl zu Lucas sagen werden. Und zu Onkel Hapes Hof. Meinem Atelier. Und den Reiterhof der Schulze-Naumanns und ... ach, wenn es doch bloß schon Donnerstagnachmittag wäre.

Dickerchen tritt

„Bulli, mein bestes Lieblingspony!"

Lina kommt in meinen Stall gestürzt, öffnet meine Boxentür, springt mit einem Satz hinein und schlingt ihre Arme um meinen Hals. Dabei drückt sie mich so fest, als drohte ein Orkan sie hinwegzufegen und sie müsste sich festkrallen. Nun gut. Als stabil gebautes Pony kann ich damit leben. Und es ist auch schön, so sehr geliebt zu werden. Ich wiehere also sanft zur Begrüßung und stupse sie mit meiner Schnauze an, nachdem sie mich wieder losgelassen hat und neben mir steht.

Lina streicht mir sanft über den Nasenrücken.

„Also, mein Dickerchen, am Wochenende passiert etwas ganz Tolles! Du willst bestimmt wissen, was, oder?"

Wühaha! Ich schüttle den Kopf. Nee, zuerst einmal möchte ich wissen, warum mich Lina hier Dickerchen nennt! Ich meine – sie ist zwar eindeutig mein Lieblingskind, aber so geht es ja trotzdem nicht! Vorsichtig verlagere ich meinen linken Vorderhuf ein paar Zentimeter und trete Lina ein klitzekleines bisschen auf den Fuß.

„Aua!" Lina zieht ihren Fuß ruckartig unter meinem Huf hervor und springt humpelnd in meiner Box auf und ab.

„Sag mal, spinnst du?", schimpft sie dabei und guckt mich böse an. Unschuldig blubbere ich durch meine Nüstern. Ich? Spinnen? Wieso denn?

Mein Nachbar Wally streckt seinen Kopf über unsere Boxentrennwand. Er ist ein ziemlich großer, ziemlich alter Schimmel, war mal ein berühmtes Springpferd und genießt mittlerweile sein Rentnerdasein auf dem Hof der Familie Schulze-Naumann.

„Hey, was'n da los?", fragt Wally und klingt dabei ziemlich verpennt. Kein Wunder, wahrscheinlich hat der alte Holsteiner gerade wieder einen stundenlangen Mittagsschlaf gehalten.

„Nichts", wiehere ich ihm zu. „Ich musste nur kurz klarstellen, dass ich nicht dick bin. Ansonsten ist hier alles primchen."

Wally schaut verwundert und lässt seine langen Ohren nach links und rechts sinken, was ihn nicht übermäßig intelligent aussehen lässt.

„Bist du nicht?" Er schüttelt erstaunt den Kopf. „Hast du etwa abgenommen?"

WAAA! Wühahahaaa! Brrrhhh! So eine Sauerei! Ich bin nicht dick! Ich bin höchstens vollschlank! Meine etwas üppigeren Formen sind ausschließlich der enormen Muskelmasse meines Sportlerkörpers geschuldet!

Lina lacht. Natürlich konnte sie nicht wirklich verstehen, was Wally gesagt hat, aber offenbar errät sie, worum es gerade geht.

„Sag bloß, du hast mich getreten, weil ich dich Dickerchen genannt habe!"

Liebevoll krault sie mich am Bauch. Wihihiii – das kitzelt! Ich reibe meinen Kopf an ihrem Ärmel, sie krault mich hinter den Ohren. Das fühlt sich großartig an und

ich brumme zufrieden. Auch Lina lächelt – sie ist mir über meinen kleinen Ausfallschritt offenbar nicht mehr böse und ich beschließe daraufhin, ihr das *Dickerchen* ebenfalls zu verzeihen. Alles wieder in Butter also. Kein Wunder, länger als zwei Minuten können Lina und ich uns einfach nicht böse sein. Wir sind nämlich ein echtes Dreamteam, das wusste ich sofort, als ich Lina zum ersten Mal gesehen habe. Bei ihr hat es zwar einen Hauch länger gedauert, um das zu verstehen – aber schließlich habe ich sie mit meinem umwerfenden Ponycharme davon überzeugt, dass ich genau der Richtige für sie bin. Und zwar nicht nur als Sportskamerad zum Reiten, sondern überhaupt fürs Leben. VOR ALLEM fürs Leben – denn anfangs fand Lina Reiten echt doof. Na, Schnee von gestern, mittlerweile ist Lina mit mir sogar schon auf einem Turnier gestartet und eine Fuchsjagd mitgeritten.

„So, Bulli", verkündet Lina, „uns steht ein Mega-Super-Duper-Knaller-Wochenende bevor!" Ihre Augen strahlen und auch ihre Wangen leuchten wie zwei Orangen. Na, da muss ja wirklich etwas ganz Besonderes passieren, wenn Lina jetzt schon so aufgeregt ist!

„Rat mal, was passiert", fordert sie mich auf. Bevor ich noch einen Verdacht äußern kann, redet sie schon weiter. „Ach, das errätst du ja doch nicht! Ich bekomme Besuch! Und zwar nicht irgendeinen Besuch, sondern Jette und Trine kommen mich besuchen. Ist das nicht genial?"

Jette? Trine? Sagen mir nichts. Warum soll das Grund für große Begeisterung sein? Wally steckt wieder seinen Kopf zu mir rüber.

„Jette? War das nicht einer von diesen furchtbar zickigen Zwillingen, die Lina das Leben so schwer gemacht haben?"

Stimmt! Wally hat völlig recht! Er ist zwar für gewöhnlich nicht die hellste Kerze auf der Torte, aber er hat offenbar ein gutes Namensgedächtnis. Grundgütiger! Wieso freut sich Lina bloß, wenn dieses schlimme Gör hier wieder auftaucht?

Ich gucke sie mit großen Ponyaugen an.

„Was hast du denn, Bulli?", wundert sich Lina. „Ist doch schön, dass ich endlich mal Besuch aus meiner alten Heimat bekomme! Ich habe Trine und Jette schon sooo lange nicht mehr gesehen."

Bei dem Namen Jette zucke ich zusammen – ich will dieses Kind hier echt nicht noch mal sehen!

Lina legt den Kopf schief.

„Hm, irgendetwas passt dir nicht, das ist mal klar – du zitterst ja regelrecht. Warte mal ..." Sie macht eine kleine Pause und überlegt. „Triiine!", sagt sie dann langsam und überdeutlich. Ich reagiere nicht. „Jeeette!", wiederholt sie dann das Experiment mit dem anderen Namen. Ich schlage mit dem Kopf hin und her. Nun grinst Lina.

„Alter Falter – du denkst, ich bekomme Besuch von der blöden Zwillingsjette?" Sie bricht in lautes Gelächter aus und ich verstehe nicht, was daran so komisch sein soll. Natürlich denke ich das – hat Lina doch schließlich gerade selbst gesagt! Ich schnaube empört, Lina streichelt mich sanft zwischen den Nüstern.

„Ach, Bullilein, das ist doch eine ganz andere Jette, von der ich spreche. Jette ist meine beste Freundin aus der Schule. Die heißt nur zufälligerweise genauso wie die doofe Zicke, die mal in den Ferien hier war."

Ach so? Mehrere Menschen können denselben Namen bekommen? Gut, das ist bei Pferden nicht anders. Nur dass wir, wenn wir dann als Turnierpony oder -pferd eingetragen werden, zusätzlich eine Nummer bekommen, damit eben solche Verwechslungen nicht passieren. Also Wally, der in Wirklichkeit den klangvollen Namen Wallenstein trägt, heißt vollständig *Wallenstein 37*. Und ich kannte mal ein hübsches braunes Pony, das hieß *Valentino 299*. Zweihundertneunundneunzig! Das muss man sich mal vorstellen – so eine große Zahl! So weit kann nicht mal ich zählen, und das, obwohl ich mit Sicherheit das schlauste Pony der Welt bin. Na ja,

egal. Jedenfalls wäre es gut, wenn auch die beiden Jettes jeweils eine Nummer hätten, dann käme es erst gar nicht zu Verwechslungen. Wäre doch vor allem im Interesse der netten Jette, dass sie nicht mit der doofen Jette verwechselt wird!

„Also, ich kann dich beruhigen", flötet Lina jetzt, „die Jette, die zu Besuch kommt, ist wirklich voll in Ordnung. Nein, mehr als das: Sie ist Weltklasse! Und das Gleiche gilt für Trine. Ich habe die beiden sooo vermisst! Und nun ist am Freitag in Hamburg schulfrei und sie kommen mich das gaaanze lange Wochenende besuchen. Wir werden Mädchensachen machen, in einem Zimmer schlafen, die ganze Nacht quatschen, überall zusammen hingehen – sogar aufs Klo!“ Sie kichert albern. „Ist das nicht toll?“

Ja. Total toll. Voll toll. Ich freue mich natürlich immer wie verrückt, wenn mein Mädchen lieber etwas ohne mich unternimmt. Und wenn es so etwas Doofes ist, wie mit anderen Mädchen zusammen auf ein Klo zu gehen, was Menschen, wie ich nach vielen Jahren an ihrer Seite genau weiß, normalerweise allein machen. Ja. Sehr, sehr toll. Glückwunsch. Ich schnaube beleidigt, Lina ignoriert es.

„Und weißt du, was das Beste ist?“, plappert sie stattdessen weiter. Nö. Weiß ich nicht. Woher auch? Ich bin ja nur ein Pony, für dessen Gefühle sich gerade niemand interessiert.

„Das Tollste ist, dass Halloween ist und Jette und Trine bei der sen-sa-tio-nel-len Halloween-Party der Schulze-Naumanns mitmachen können. Lucas hat mir davon erzählt: Ihr feiert hier ja jedes Jahr ganz groß, mit Kostümreiten und Gruselparty und, und, und! Ich freue mich riesig!“

Oh. Mein. Gott. Die Halloween-Party. Die hatte ich schon wieder verdrängt. Aber es stimmt. Jedes Jahr feiern die Schulze-Naumanns mit allen Gästen und Reitkindern dieses furchtbare Fest, bei dem sich nicht nur die Menschen verkleiden, sondern auch die armen Vierbeiner in die lächerlichsten Klamotten gesteckt werden. Eine Party völlig unter meiner Würde! Das habe ich auch bei meinem ersten Partyeinsatz so deutlich gemacht, dass ich die letzten Jahre friedlich in meiner Box verbringen durfte, während die Menschen alle komplett durchdrehten. Offenbar wollte man nicht noch einmal erleben, wie ich, verschreckt durch die Gruselkostüme der anderen Teilnehmer und die Fledermausdecke, die ich selbst tragen musste, total kopfscheu durch die Halle gerast bin, über die Bandentür sprang und schließlich über Stunden in der angrenzenden Feldmark verschwunden war und mich nur mit einem sehr vollen Hafereimer wieder auf den Hof

locken ließ. Sehr eindrucksvoller Auftritt meinerseits, damals. Ich dachte also, das Thema Halloween wäre für mich endgültig gegessen. Obwohl, schade um den Hafer. Aber an den strahlenden Augen von Lina sehe ich, dass diese Hoffnung vergebens ist.

Wally legt den Kopf schief.

„Au ja! Halloween! Das wird super! Erst recht, wenn du auch mal wieder mitmachst, Bulli!"

Wühaha – brrr! Ich starre ihn an und schnaube verächtlich. Wally hat einfach überhaupt kein Niveau!

Nächtliche Geständnisse

Mitten in der Nacht schrecke ich aus dem Schlaf hoch. Irgendetwas hat mich geweckt. Und zwar ziemlich abrupt. Ein lautes Geräusch – nicht mein Wecker. Ein Poltern und Rumpeln. Als ob jemand gegen meine Tür gedonnert wäre.

Mit leicht mulmigem Gefühl im Magen wühle ich mich aus dem Bett und schleiche zur Tür. Vorsichtig öffne ich sie einen Spaltweit und linse in den dunklen Flur.

Nichts zu sehen. Was natürlich schon allein daran liegt, dass es stockfinster ist. Aber einen weghuschenden Schatten müsste ich selbst in dieser Schwärze ausmachen können. Da bin ich mir ziemlich sicher.

Hm ... dann habe ich mir das wohl eingebildet, vermute ich und will einigermaßen beruhigt zurück in mein kuscheliges Bett trippeln. Doch weit komme ich nicht, da scheppert es ein weiteres Mal.

Okay, diesmal so laut und unüberhörbar, dass es Mama und Onkel Hape, aber auf jeden Fall die Hunde aus dem Tiefschlaf gerissen haben sollte. Ich mache auf dem Absatz kehrt und bin wieder an der Tür. Aufgeschoben, rausgelinst und dann erst mal abgewartet, welche Zimmertür sich als erste öffnet.

Nichts passiert. Nichts! Tolle Wachhunde. Ich bin entsetzt. Die könnten uns hier das Haus ausrauben. Dabei Lärm und Krach wie auf einer Großbaustelle veranstalten und die Hunde, samt meinem süßen Karlchen Kotelett, der seit Neustem lieber in Onkel Hapes Bibliothek vorm Kamin zusammen mit den anderen Hunden schläft, pennen entspannt weiter.

Treuloses Karlchen Tomate. Unwachsames treuloses Karlchen Tomate.

„Ist da jemand?“, rufe ich leise in die Dunkelheit des sehr langen Flures hinein. Und weil mir selbst auffällt, wie ängstlich, klein und wenig abschreckend sich meine

Stimme anhört, schiebe ich ein etwas lauteres „Mein Onkel ist Jäger!" hinterher.

Um das gleich mal klarzustellen, im Schrank in seinem Arbeitszimmer hängen nicht nur Zwillen herum. Ich hoffe, das hat derjenige, der womöglich durch unser Haus schleicht, kapiert.

Ich überlege, ob ich auch erwähnen sollte, dass wir drei Jack-Russell-Terrier haben. Diese Terrier, falls sie mal ausnahmsweise wach sind, mögen zwar klein sein, doch sie können sich ziemlich unerbittlich in Waden verbeißen. Am liebsten in Einbrecherwaden.

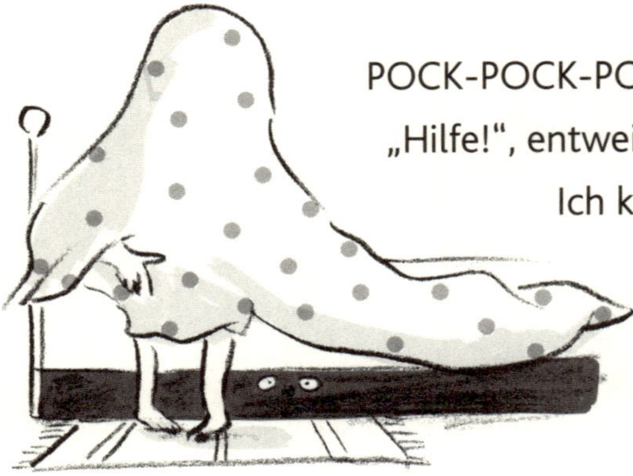

POCK-POCK-POCK!

„Hilfe!", entweicht mir ein spitzer Schrei. Ich knalle die Tür zu und hechte mit einem panischen Sprung zurück ins Bett. Dort ziehe ich mir die Decke über den Kopf und hoffe, dass der fiese Einbrecher, falls er einen Blick in mein Zimmer werfen sollte, mich nicht entdeckt.

Bibbernd hocke ich da und zähle die Sekunden. Kalter Schweiß tritt aus meinen Poren hervor. Auweia, ich bin für so was einfach nicht geschaffen. Wo um alles in der Welt bleiben Mama und Onkel Hape? Sie müssen den Krawall doch auch gehört haben. Die Hunde möchte ich überhaupt nicht mehr erwähnen. Die haben schon jetzt auf ganzer Linie für mich versagt. Wachhunde. Lachhaft!

„Lina?" Eine Stimme. HIIILFE! Jetzt bin ich dran.

„Lina? Was machst du denn unter deiner Bettdecke?"

Mama? MAMA! Wow, ich kann mich nicht erinnern, wann ich mich zuletzt so über den Klang ihrer Stimme gefreut habe. Ich zerre mir die Decke vom Kopf und starre in die verständnislosen Augen meiner Mutter. Sie hat die kleine Lampe auf meinem Schreibtisch angemacht und tätschelt mir die Hand.

„Hast du schlecht geträumt, Süße? Du siehst ja ganz verschreckt aus."

„Hat Onkel Hape ihn geschnappt?", wispere ich. „Ist die Polizei schon unterwegs?"

Mama zuckt ahnungslos mit den Schultern. „Was redest du denn da? Wen soll Hape geschnappt haben? Und warum um alles in der Welt sollte er die Polizei verständigen?"

Oh Mann, weiß mal wieder keiner von den Erwachsenen, was im Fall von Einbruch oder Raub als Erstes getan werden sollte?! Typisch.

„Es ist jemand im Haus", sage ich leise – auweia, haben die das etwa noch immer nicht mitgekriegt? Und der miese Kerl schleicht nach wie vor frei und in diebischer Absicht durch das dunkle Anwesen meines Onkels?

„Nein, nicht *im* Haus, sondern *vorm* Haus", verbessert mich Mama und kriegt plötzlich einen ganz vorwurfsvollen Gesichtsausdruck. „Und zwar deinetwegen. Das muss aufhören, Lina, kannst du ihm das nicht irgendwie beibringen? Ich bin aus dem Tiefschlaf hochgeschreckt. Zum Glück hat Hape nichts mitbekommen. Er muss doch ganz früh raus und hat dann eine lange Fahrt vor sich und außerdem ..." Mama redet und redet und ich verstehe nur Bahnhof. Bis endlich der Name Bulli fällt und ich langsam, aber sicher kapiere.

„Hintertür?", frage ich noch schnell.

Als Mama mit Bleistiftlippen nickt, sprinte ich aus dem Bett und stürme in den Flur, der jetzt hell erleuchtet ist. Ich flitze die alte knarrende Holztreppe hinunter und weiter geht es in die Küche und dann in den kleinen Raum daneben mit der kleinen Holztür, die zum Glück nur oben ein kleines Fenster hat. Sonst hätte Bulli die Scheibe mit seinem Vorderhuf schon längst eingetreten.

Ich drehe den Schlüssel im Schloss um und ziehe die Tür auf.

Bulli steht davor und schaut mich aus seinen dunklen Augen unschuldig an. Ich ärgere mich echt, dass ich nicht gleich kapiert habe, dass er für den Lärm verantwortlich ist. Schließlich ist das nicht zum ersten Mal vorgekommen. „Bulli, mein Junge!“, rufe ich atemlos, „was willst du denn mitten in der Nacht hier? Und außerdem, mein Dicker, ich habe dir doch schon mehrmals gesagt, dass du nicht einfach so gegen die Tür treten darfst: Und ausbüxen aus deinem Stall, nein, das geht echt nicht.“ Auch wenn ich meinem Pony erst einmal einen Vortrag halte, weil er mal wieder aus seinem Stall zu uns rübergeschlichen ist, kann ich ihm nicht wirklich böse sein. Bulli ist einfach zuzuzu süß. Ich bin regelrecht verschossen in ihn. Verflixter Hufnagel, ja, so ist es. Inzwischen ist aus mir eines von diesen total verknallten Ponymädchen geworden, die ich früher eigentlich doof fand.

Bulli reibt zärtlich sein warmes Maul an meiner Hand.

„Hast du schlecht geschlafen?“, kombiniere ich und klopfe ihm liebevoll den Hals. „Oder hat Wally mal so laut geschnarcht, dass du die Flucht ergriffen hast?“

Bulli schnaubt leise. Soso, das ist also der Grund.

„Bulli, mein Guter, das tut mir echt leid. Aber du kannst trotzdem nicht mitten in der Nacht hier auftauchen. Ich habe geschlafen. Nachher kommen doch Jette und Trine, da muss ich fit sein."

Bulli scharrt mit dem Vorderhuf. Irgendetwas will er mir sagen. Da ist was, das schwer auf seinem kleinen Ponyherz lastet. Nur was?

„Ich muss jetzt auch wieder ins Bett, Bullilein. Aber vorher bringe ich dich zurück in deinen Stall." Gesagt und schon getan.

Auch wenn Bulli wie ein begossener Pudel neben mir herschleicht, er marschiert artig in seine Box zurück und

fängt dann gleich an, ein paar Strohhalme zu kauen. Bestimmt aus Verlegenheit. Inzwischen kenne ich meinen Ponyfreund sehr gut und weiß genau, wie er reagiert. Ich vermute, er hat tatsächlich schlecht geträumt und vor etwas Angst gehabt. Völlig logisch, dass er dann zu mir läuft, damit ich ihm beruhigend den Hals klopfe, finde ich.

Wally liegt auf der Seite im Stroh und bekommt nicht einmal mit, als ich mich schließlich von Bulli verabschiede.

„Und nun schlaf noch ein bisschen. Das muss ich übrigens auch. Wegen Jette und Trine. Ich will denen doch nicht wie ein verpenntes Nachtgespenst gegenübertreten." Ich lache leise und zärtlich.

Doch Bulli fängt erneut heftig mit dem Huf zu scharren an. Dabei verwühlt er seine komplette Box. Was ist denn bloß mit meinem Pony los? So kenne ich ihn gar nicht.

„Bulli, hey, lass das!", schimpfe ich ihn leise aus. Wally bekommt von alldem nichts mit. Ganz im Gegenteil, er schnarcht ungerührt weiter. Obwohl Bulli scharrt und scharrt und ...

Ach, so ist das! Ich schlage mir die flache Hand vor die Stirn und rufe: „Sag mal, Dicker, bist du etwa eifersüchtig?“ Logisch! Immer, wenn ich die Namen meiner beiden besten Freundinnen von früher erwähne, rastet mein Pony aus.

Bulli schnaubt und nun besteht absolut kein Zweifel mehr: Mein süßer, süßer, obersüßer Bullifreund ist tatsächlich eifersüchtig.

Ich umschlinge seinen Hals und presse mein Gesicht in sein warmes Fell. „Mein Schatz, mein Bullilein, du brauchst doch nicht eifersüchtig zu sein. Du kommst bei mir immer und für immer an erster Stelle. Egal ob Trine und Jette hier auftauchen oder der Kaiser von China“, versichere ich ihm und verpasse ihm zur Sicherheit noch einen dicken Schmatzer auf sein warmes Ponymaul. Bulli schnauft zufrieden. Ich schätze, ich habe ihn überzeugt.

„So, und jetzt lässt du mich bitte noch ein bisschen schlafen. Wenn Mama morgen die beiden vom Bahnhof abgeholt hat und ich aus der Schule zurück bin, dann kommen wir sofort zu dir. Ich stelle sie dir vor und bin mir sicher, du findest sie großartig. Ganz bestimmt ist das so."

Noch einmal schnaubt Bulli, bevor ich den Stall verlasse und zurück in mein warmes Bett husche.

Verrückter Bulli, denke ich. Aber zum Glück ist jetzt alles wieder gut. Dann fallen mir auch schon die Augen zu.

Wally von Sabbelstein

Ein schöner Herbsttag. Die Sonne scheint – und zwar direkt auf meinen runden Pony-Po, denn Wally und ich stehen auf dem großen Paddock direkt neben der Reithalle und genießen das schöne Wetter. Beziehungsweise: ICH versuche, das schöne Wetter zu genießen. Was mir zu meinem Glück leider fehlt, sind Ruhe und Frieden.

Wally sabbelt ohne Punkt und Komma auf mich ein, und zwar seit wir hier draußen stehen. Es ist sehr schade, dass ich meine Ohren nicht zuklappen kann. Das wäre jetzt enorm hilfreich.

„Oder Dracula? Beziehungsweise: das Pferd von Graf Dracula? Was meinst du, Bulli – hatte Graf Dracula ein Pferd?"

„Was?" Ich starre Wally an. Ob der heute Morgen irgendetwas im Hafer hatte, was ihm jetzt die Sinne vernebelt?

„Ich frage mich, ob Graf Dracula ein Pferd hatte. Dann könnte Lucas doch Graf Dracula und ich sein treues Pferd sein. So mit schwarzen Fledermausumrissen auf meinem Hintern. Das steht mir als Schimmel bestimmt fantastisch!"

Grundgütiger. Der ist einfach irre. Ich bemühe mich trotzdem um eine einigermaßen freundliche Antwort.

„Wally, wenn ich richtig unterrichtet bin, war Graf Dracula ein Vampir und konnte fliegen. Er brauchte also kein Pferd, um von A nach B zu kommen."

Ich bin nun wirklich kein Experte in Sachen Vampire und Co., aber tatsächlich hatte meine alte Besitzerin

Pia einen Hang zu Gruselgeschichten und hat mir gerne welche erzählt. Vampire waren darin gern gesehene Gäste. Wally legt den Kopf schief und blickt in die Ferne. Ob er über meinen Einwand nachdenkt?

„Hm. Und hatte die Gräfin Dracula vielleicht ein Pferd? Oder konnte die auch fliegen?"

Wühaha! Das gibt es doch nicht! Wally ist wirklich das dümmste Pferd, das ich kenne!

„Zum letzten Mal, Wally, Vampire brauchen keine Pferde! Und deswegen kannst du ..."

„Oh, hallo! Guck doch mal!", unterbricht mich Wally ungerührt, dreht sich um und wendet mir damit seinen Hintern zu. Na super, von solch aufmerksamen Zuhörern träumt doch jeder! Anstatt ihm also weiter auseinanderzusetzen, warum seine Idee völliger Schwachsinn ist, folge ich seiner neuen Blickrichtung – und entdecke dabei zwei junge Mädchen, die vom Haupthaus aus in unsere Richtung gelaufen kommen. Ich habe die beiden noch nie gesehen. Es sind jedenfalls keine von den üblichen Reitermädchen, die hier sonst immer herumwuseln. Soweit ich das beurteilen kann, tragen sie nämlich keine Reithosen und keine Reitstiefel. Die eine trägt einen Rock, die andere eine Jeans und beide tragen Turnschuhe. Sie haben auch keine Zöpfe oder Pferdeschwänze, sondern ihre Haare fallen einfach offen über die Schultern. Die eine ist ein bisschen größer, die andere ein bisschen kleiner als Lina. Es fällt mir bei Menschen immer schwer zu schätzen, aber ich würde sagen, die beiden Mädchen sind auch ungefähr in Linas Alter. Sehr zielstrebig steuern sie auf unseren Paddock zu.

„Guck mal“, sagt die Größere von beiden. „Das müssen die beiden Pferde sein, von denen Lina erzählt hat. Das weiße und das schwarze.“

Die andere nickt.

„Hm, die klangen aber in Linas Erzählungen irgendwie toller. Hat sie nicht gesagt, das schwarze sei ein echtes Sportpony? Sieht ein bisschen moppelig aus. Oder ist das bei vierbeinigen Sportlern egal?"

Hallo? Spinnt die? Ich wiehere empört. Die Mädchen lachen albern.

„Hey, ich glaube, das hat der kleine Dicke gehört", grinst die Größere. „Nicht, dass er jetzt beleidigt ist. Ich glaube, Lina ist der sehr wichtig!"

Ha! Messerscharf! Hundert Punkte, würde ich sagen! Auch die Kleine nickt.

„Ja. Glaube ich auch. Wobei das echt komisch ist. Unsere Lina ist doch eigentlich 'ne coole Großstadtpflanze. Kann mir kaum vorstellen, dass die sich auf einmal in so einen Zottel verliebt." Sie holt tief Luft. „In so einen stinkenden Zottel!" Dann dreht sie sich einmal im Kreis und atmet noch einmal tief ein. „Ach, das ist nicht

nur das Pony – hier stinkt es überall so schrecklich! Von wegen frische Landluft – arme Lina, wie hält sie das hier bloß aus?"

Also das ist doch wirklich der Gipfel! Ich, ein stinkender Zottel? *Arme* Lina? Stinkende Landluft? Was sind das denn für ungezogene Bälger? Das sollen Freundinnen von Lina sein? Na, Prost Mahlzeit! Hoffentlich verschwinden die bald wieder!

In diesem Moment biegt Lina um die Ecke von der Reithalle, sieht die beiden Mädchen – und stürzt sich mit einem lauten Jubelschrei auf sie.

„Jette! Trine! Wie toll ist das denn? Endlich seid ihr da!"

Die Mädchen fallen sich in die Arme, herzen und küssen sich, lachen und kichern und sind alle drei völlig aus dem Häuschen. Donnerknispel! So habe ich meine Lina noch nie erlebt! Als die drei sich genug abgeknutscht haben, dreht sich Lina zu mir und zeigt auf die anderen beiden Mädchen.

„Bulli, darf ich vorstellen? Das hier", sie zupft die Größere am Ärmel, „ist meine Freundin Trine. Und das hier", jetzt zupft sie bei der Kleineren, „ist Jette."

Aha. Die besonders Fiese heißt Jette. Na, das passt ja. Die Zwillingsjette war doch genauso fies.

Ich starre dumpf vor mich hin und denke gar nicht daran, die Freundinnen von Lina irgendwie freundlich zu begrüßen. Nein, nach ein paar Sekunden drehe ich ihnen sogar mein Hinterteil zu.

„Nanu?", höre ich Trine hinter mir, „was hat Bulli denn bloß?"

„Ach, vielleicht ist er ein bisschen eifersüchtig. Seitdem er weiß, dass ihr kommt, benimmt er sich nämlich wirklich seltsam. Gestern Nacht hat er mich im Haus besucht und als ich eure Namen erwähnte, wurde er ganz wild." Lina seufzt. „Er ist es eben nicht gewohnt, meine Zuneigung mit irgendjemandem zu teilen, und wahrscheinlich schmeckt ihm das nicht."

Wie zur Bestätigung drehe ich mich wieder zu den Mädchen um und gucke Lina möglichst traurig an.

Jette starrt zwischen Lina und mir hin und her – und bricht dann in ein irres Gelächter aus.

„Auweia, Lina – das Landleben tut dir gar nicht gut! Du redest eindeutig wirres Zeugs! Ein Pony, das eifersüchtig ist – ich bitte dich, so etwas gibt es doch gar nicht! Jeder weiß, dass Pferde dumm sind. Dass dein Bulli also komisch reagiert haben soll, bildest du dir mit Sicherheit ein."

Sie streckt die Hand zu mir aus und streichelt mich.

„Nicht wahr, Dickerchen? Unsere Lina überschätzt dich da etwas."

Ehe die knalldoofe Jette noch weiß, wie ihr geschieht, schnappe ich nach ihren Fingerspitzen und zwicke sie ein bisschen. Also, ganz sanft natürlich. Nur so als kleine Warnung.

„Autsch!", schreit Jette laut auf und springt zurück. „Du blödes Vieh, was fällt dir ein?"

Lina schüttelt den Kopf.

„Also wirklich, Bulli, nun benimm dich mal! Jette hat es bestimmt nicht so gemeint. Sie kennt sich halt noch nicht so aus mit Ponys."

Was? Ich bin derjenige, der sich benehmen soll? Andersrum wird wohl ein Hufeisen draus! Ich drehe mich wieder um und trabe in die hinterste Ecke des Paddocks. Jetzt bin ich wirklich beleidigt. Und zwar völlig zu Recht!

Schoki, Verliebte und Tränen

„Lina, du tust mir echt leid. Ist denn da wirklich nichts mehr zu machen? Meint deine Mutter es tatsächlich ernst damit, dass ihr für immer hier wohnen bleiben wollt?", sagt Jette zu mir, während sie sich mit gerümpfter Nase in meinem Zimmer umsieht.

Ich freue mich wirklich, meine beiden Freundinnen zu sehen. Wow, ich habe es in der Schule kaum ausgehalten. Doch so allmählich nervt Jettes Lästerei über einfach alles hier gigantomanisch. Zumal es total unfair ist. Onkel Hape hat die beiden Matratzen aus dem Gästezimmer in mein Zimmer gebracht. Mama hat sie mit hellblauen Laken bezogen und auf jede ein weiches

Kopfkissen und eine kuschelige Zudecke getan. Überhaupt bin ich ganz gerührt, wie liebevoll Mama mein Zimmer hergerichtet hat, während ich heute Vormittag ja noch in der Schule ausharren musste.

Ein Teller mit Obst und ein weiterer mit Gebäck stehen auf der Kommode. Daneben drei verschiedene Säfte und die schöne Teekanne und das dazu passende Stövchen aus rosafarbenem Porzellan. Einige neue Magazine, die wir alle gerne lesen, ein bunter Blumenstrauß und eine kleine Schüssel mit Schoki. Als ich eben eingetreten bin, habe ich vor lauter Rührung gleich einen dicken Kloß im Hals bekommen.

Jetzt ist es allerdings schlagartig mit dem warmen Gefühl vorbei, denn Jette macht wie gesagt hier alles nur schlecht. Erst hat sie sich über Bulli, den ekligen Gestank und den widerlichen Matsch aufgeregt. Als ich die beiden dann ganz stolz zum Haus von Onkel Hape, also meinem neuen Zuhause, in dem ich mich total wohlfühle, geführt habe, hat Jette direkt mit dem Lästern weitergemacht. Muffiger Gestank, alte Bruchbude, alles total unmodern – Lina, du tust mir sososo leid, dass du hier sein musst. SCHRECKLICH!

„Und sag mal, Lina, was ist eigentlich mit eurem coolen Cabriolet passiert? Deine Mutter hat uns vorhin vom Bahnhof in so einem komischen blauen Kombi abgeholt. Nicht gerade das neuste Modell, eher, sorry, ziemlich schrottig."

Trine rammt ihr den Ellbogen in die Seite. „Jette, ey, jetzt ist es aber mal gut. Du übertreibst total." Dann wendet sie sich an mich und lächelt mich entschuldigend an. „Mir gefällt es hier sehr gut, Lina. Und das Haus und ganz besonders dein Zimmer sind richtig schön. Zwar etwas altmodisch, aber eben *schön* altmodisch."

Ich könnte Trine küssen, denn wegen Jettes Gemotze bin ich selbst schon etwas unsicher. Und das wiederum ärgert mich. Ich mag hier einfach alles. ALLES. Okay, die Mücken im Sommer sind echt lästig. Aber ansonsten finde ich es hier wunderbar. Doch die ganze Zeit Jette, die ja eigentlich meine beste Freundin ist, über all das hier so böse lästern zu hören, hat mich tatsächlich ein kleines bisschen verunsichert. Nein, schlimmer noch, ich habe angefangen, mich zu schämen. Doch damit ist es jetzt vorbei. Auf der Stelle! Basta!

„Weißt du, Jette", sage ich freundlich, „am Anfang fand ich es hier auch nicht so schön. Aber das lag daran, dass mein Blick und meine Sinne wegen dem ganzen Großstadtmief und der Hektik vernebelt waren."

Jette macht große Augen. „Mief? Hä? Wenn es irgendwo mieft, dann ja wohl hier bei euch auf dem Land."

Ich will ihr gerade sagen, dass ich es nicht mehr schön finde, dass sie an allem hier was auszusetzen hat, und dass mich das nervt, da klopft es an meiner Zimmertür.

„Ja!", rufe ich.

Lucas streckt seinen Kopf herein und grinst. Typisch, er kann es mal wieder nicht abwarten. Dabei haben wir doch vorhin im Schulbus vereinbart, dass ich später mit Jette und Trine zu ihm rüberkomme. Nachdem wir drei Mädels uns erst einmal so richtig ausgequatscht haben. Die neusten Neuigkeiten, der beste Hamburger Schultratsch, schräge Gerüchte, coole Geschichten, wer mit wem oder wer nicht mehr mit wem. Kurz: all das, was ich hier manchmal schon etwas vermisse.

Lucas hält nichts von Tratsch. Und Ella, die in dieselbe Klasse wie ich geht und mit der ich mich in letzter Zeit

öfters mal nach der Schule verabredet habe, ist auch nicht unbedingt der Typ *Gerüchteküche*.

„Hi, ich bin Lucas", sagt mein Freund und reicht erst Jette, dann Trine die Hand. Er steckt schon in seinen Reitsachen. In seinen Haaren entdecke ich etwas Heu. Sieht so aus, als hätte er direkt nach der Schule die Mittagsfütterung der Pferde übernommen.

„Du hast da was im Haar", sagt Jette auch prompt, während sie ihn abschätzig mustert.

Lucas zuckt mit den Schultern und grinst noch breiter. „Standard!"

„Standard?“ Jetzt guckt Jette, als hätte Lucas mindestens zwei Nasen oder drei Augen. „Was soll mir das sagen?“

„Wir sind hier auf dem Land. Ich habe gerade die Pferde gefüttert. Da kommt es schon mal vor, dass man Heu in den Haaren oder an den Klamotten hat. Daran musste sich Lina auch erst gewöhnen. Aber ich verspreche euch, bisher ist noch niemand deshalb gestorben.“

Trine schiebt sich vor Jette und erklärt mit süßer Stimme: „Mir machen Heu und Staub absolut nichts aus. Ich find's hier sogar richtig dufte.“ Sie schenkt Lucas ein sehr, sehr liebes Lächeln. Das letzte Mal, dass ich sie so erlebt habe, war, als Moritz Henkel aus der Klasse über uns in sie hineingerannt ist. Aus Versehen und auch nicht gerade sanft. Trine hat davon einen mächtigen blauen Fleck am Oberarm zurückbehalten. Doch weil sie total in Moritz verknallt war, hat sie sich nicht bei ihm beschwert, sondern völlig irre gegrinst. – So, wie sie jetzt Lucas angrinst. Ich schätze, oh Hölle, sie hat sich gerade in Lucas schockverliebt.

„Is ja auch nichts Schlimmes", gibt Lucas lässig zurück. Dann hebt er die Hand und will sich wieder verziehen. Ich sehe ihm direkt an, dass er Jette knalldoof findet. Was er von Trine hält, hm, das kann ich noch nicht sagen. „Ich muss dann auch mal wieder abdüsen. Lina, denkst du später noch an das Treffen im Reiterstübchen?!"

Ich nicke. „Klar doch, bin pünktlich da." Bevor Lucas die Tür ganz zuzieht, fällt mir noch etwas ein. „Ach, Lucas, könntest du dich wohl heute um Bulli kümmern? Ihn vielleicht longieren oder, wenn du magst, auch reiten."

Lucas' Augenbrauen schnellen nach oben. „Warum machst du das nicht selbst?"

Vielsagend verziehe ich das Gesicht, doch Lucas kapiert es einfach nicht.

„Oder müsst ihr jetzt die nächsten drei Tage ununterbrochen quatschen, sodass du keine Zeit für irgendetwas anderes hast? Nicht einmal für Bulli? Mannomann, armes Pony."

HÄ? Spinnt der? Warum ist der denn gleich so blöd? So kenne ich Lucas gar nicht. Normalerweise ist er super hilfsbereit und Bulli zu reiten, das macht ihm richtig viel Spaß. Doch jetzt erinnert sein Gesichtsausdruck an Spinat mit Wachteleiern. Und wie er die Arme vor der Brust verschränkt hält, so beleidigt, nö, das passt auch nicht zu ihm.

„Ähm, Lucas, hab ich dir was getan? Oder warum bist du sonst gleich so ... grantig?", frage ich ihn leise.

Leider nicht leise genug. Jette lässt sich mit einem schadenfrohen Grinsen aufs Sofa sinken und zwitschert gehässig: „Bisschen empfindlich, dein kleiner Ponyfreund, was?!"

Lucas knallt die Tür zu und ist weg – und ich stehe mitten in meinem Zimmer und verstehe die Welt nicht mehr. Jettes und Trines Besuch habe ich mir echt anders vorgestellt.

„Mann, Jette, musste das sein?", blafft Trine sie an.

„Pöh", macht Jette, „was kann ich denn dafür, dass der gleich wie 'ne beleidigte Leberwurst davonrennt?"

„Na ja, nicht ohne Grund", kontert Trine. „Du warst ziemlich blöd zu ihm."

Jette lacht. Dabei wirft sie ihren Kopf in den Nacken. „Trinchen, hey, ich hab längst kapiert, dass du dich in Linas Ponyfreund verguckt hast."

Trine steigt die Röte ins Gesicht. „Was redest du bloß für einen Unsinn", brummt sie verschämt.

Schon wieder lacht Jette. Ich fasse es einfach nicht, dass sie so doof ist. Und das nicht nur zu mir. Seitdem sie hier ist, habe ich nicht ein einziges nettes Wort von ihr gehört. Zu nichts und niemanden. Nur schlechte Laune und Gehässigkeiten.

Ich lasse mich neben sie aufs Sofa sinken und schaue sie vorwurfsvoll an.

„Sag mal, Jette, warum hast du eigentlich so miese Laune? Ich dachte, du freust dich, dass du mich zusammen mit Trine besuchen kommst? Ist irgendetwas passiert?"

Jette schluckt schwer. Ich kriege einen Schreck, als ich erkenne, dass ihre himmelblauen Augen in Tränen schwimmen. Im nächsten Moment schlägt sie sich die Hände vors Gesicht und fängt bitterlich zu weinen an. Ihre schmalen Schultern zucken richtig, so sehr weint sie.

„Jette", wispere ich und schaue hilflos zu Trine.

Doch die hebt nur ratlos die Schultern und sagt leise: „Ich weiß auch nicht, was sie hat. Echt nicht. Vorhin, als wir in Hamburg in den Zug gestiegen sind, war noch alles okay."

„Blödsinn!", schnieft Jette und hebt den Kopf. Ihre Augen sind knallrot, ihre Nase ganz verschnupft. „Da – da ... war auch schon alles ... kacke. Meine Eltern, sie ... sie haben sich getrennt ..."

Ein Pony wird vermessen

„Bulli, jetzt hör endlich auf zu zappeln!", schimpft Frau Schulze-Naumann. „Wie soll ich denn sonst Maß nehmen?"

Wühaha – von mir aus gar nicht! Seit einer Viertelstunde springt Lucas' Mutter mit einem Maßband in der Hand um mich herum und versucht herauszufinden, wie groß mein Bauchumfang wohl ist und wie lang mein Hals. Auch meinen Ponyhintern wollte sie schon vermessen, aber bisher bin ich ihr sehr geschickt ausgewichen. Zum einen, weil es kitzelt, wenn sie das Maßband auf mein Fell legt. Zum anderen, weil ich genau weiß, warum sie mich vermessen will: Halloween. Ich

weiß es genau. Frau Schulze-Naumann will mir ein Halloween-Kostüm verpassen, und dafür braucht sie meine Maße. Aber ohne mich!

Ich drücke mich in das hinterste Eckchen meiner Box und presse mich so eng an die Wand, dass garantiert kein Maßband mehr dazwischenpasst. Frau Schulze-Naumann mustert mich und seufzt.

„Bulli, du könntest ruhig etwas kooperativer sein!", schimpft sie. Nö. Kann ich nicht. Und zwar ohne zu wissen, was kooperativ überhaupt bedeutet. Sie zögert kurz, dann dreht sie sich um und geht aus meiner Box.

„Wally, mein Lieber, dann komme ich jetzt zu dir. Mit Bulli macht es momentan keinen Sinn!"

Wallys Kopf taucht über der Boxenwand auf. Er mümmelt auf einer Handvoll Heu herum.

„Was macht keinen Sinn? Was willst du schon wieder nicht?"

„Nichts Besonderes", erwidere ich. „Ich mache nur diesen Verkleidungswahnsinn nicht mit. Aber mit dir hat Frau Schulze-Naumann ja einen Dummen gefunden, der sich sogar darüber freut, in so ein albernes Kostüm gesteckt zu werden."

Prüüühhh! Wally schnaubt.

„Mann, Bulli, warum bist du nur immer so negativ? Das wird morgen Abend bestimmt ein großer Spaß! Ich freue mich jedenfalls schon darauf."

Seine Boxentür wird mit einem *Klack!* geöffnet, dann steht Frau Schulze-Naumann neben Wally und legt das Maßband einmal um seinen Bauch herum. Wally dreht seinen Kopf zu ihr und schaut interessiert dabei zu, wie sie die Zahl auf dem Maßband abliest und diese dann auf einem Zettel notiert, den sie aus ihrer Jackentasche zieht. Das Ganze wiederholt sie auch noch mal mit seinem Rücken und seinem Hintern, als Letztes vermisst sie seinen Hals.

„So, mein lieber Wally, dann wissen wir jetzt, wie lang dein Kostüm sein darf, und gleich setze ich mich zusammen mit Oma Gertrud an die Nähmaschinen. Ich habe schon eine ganz tolle Idee, wie wir dich und Lucas verkleiden. Wäre doch gelacht, wenn ihr bei dem Kostümwettbewerb nicht auf Anhieb den ersten Platz gewinnt! Und weißt du, was das Preisgeld für euch Vierbeiner ist?"

Wally stößt ein erneutes Prüüühhh aus und schüttelt den Kopf. Frau Schulze-Naumann lächelt und klopft ihn sanft auf seine linke Halsseite.

„Ich verrate es dir: Es gibt einen ganzen Sack Möhren zu gewinnen. 1A Qualität, wirklich superlecker!"

Wühaha! WAS? Es gibt einen Sack Möhren zu gewinnen? So eine Sauerei! Wieso hat mir das denn niemand gesagt? Ich LIEBE Möhren! Ich will auch mitmachen! Energisch stampfe ich mit meinen Vorderhufen auf dem Boden herum – aber Frau Schulze-Naumann tut so, als ob sie es nicht hört.

Wühaha, prüüüh, hallo! Ich! Will! Mitmachen! Aber so laut ich auch stampfe – nichts passiert. Frau Schulze-Naumann guckt angestrengt auf ihren kleinen Zettel, nickt dann Wally freundlich zu und verschwindet schließlich aus seiner Box und aus unserem Stall.

Verflixt und Pferdemist! Das gibt es doch nicht – offenbar wird das doofe Kostümfest nun tatsächlich ohne mich stattfinden und ich sehe es schon kommen, dass Wally einen ganzen Sack Möhren gewinnt und mir aus purer Bosheit nichts abgibt. So eine Gemeinheit! Der alte Holsteiner schaut zu mir herüber.

„Was veranstaltest du denn da für ein Getrampel?", erkundigt er sich neugierig.

„Na, was wohl? Ich wollte, dass Frau Schulze-Naumann noch mal in meine Box kommt und mich auch vermisst."

„Warum? Du willst doch sowieso nicht mitmachen."

„Ich *wollte* nicht mitmachen. Zuerst. So richtig festgelegt hatte ich mich aber noch gar nicht. Jetzt will ich nämlich doch dabei sein. Und es ist wirklich traurig, dass

Frau Schulze-Naumann nicht sensibel genug ist, das zu merken."

Mein Boxennachbar dreht die Ohren nach außen, bleckt die Zähne und macht ein Geräusch, das nach WIHIHI klingt.

„Lachst du mich etwa aus?", fauche ich ihn genervt an. Das WIHIHI wird lauter, schließlich nickt Wally.

„Natürlich, mein lieber Bulli! Seit zwei Tagen erklärst du mir, was alles doof an Halloween ist. Und kaum findest du heraus, dass man auf der Party einen Sack Möhren gewinnen kann, schon bist du auf einmal anderer Meinung? Mann, Mann, Mann – du bist so leicht zu durchschauen. Du hast ja bloß Angst, dass ich gewinne und dir nichts abgebe."

Ich lege die Ohren an und gucke böse.

„Prööööhhh! Stimmt gar nicht! Mit den Möhren hat das nichts zu tun!“

„So? Womit denn sonst?“, hakt Wally für seine Verhältnisse ungewöhnlich hartnäckig nach. Ich überlege kurz, ob mir eine gute Ausrede einfällt. Schließlich denke ich gar nicht daran, mich hier einfach so geschlagen zu geben.

„Ganz einfach“, wiehere ich schließlich, „ich habe mich dazu entschlossen, meiner Freundin Lina zu helfen. Und zwar dabei, es ihren Freundinnen hier möglichst nett zu machen. Wenn ein Besuch des Kostümfests die Damen glücklich macht, will ich dem selbstverständlich nicht im Wege stehen.“

Ha! Eine Spitzenausrede! Ich bin stolz auf mich! Wally beäugt mich allerdings immer noch misstrauisch.

„Du willst, dass die Freundinnen es nett haben? Bist du sicher? Hast du nicht gestern erst einem der Mädchen in die Finger gebissen? Ich hätte schwören können, dass du in Wirklichkeit total eifersüchtig auf Linas Freundinnen bist.“

Herrgott, was ist der alte Schimmel denn auf einmal so spitzfindig? Das ist doch sonst gar nicht seine Art!

„Mein lieber Wally", sage ich möglichst hochnäsig, „da sieht man mal, wie wenig Ahnung du von wahrer Gastfreundschaft hast. Ich habe lediglich versucht, ein bisschen Aufregung und Spannung in den Besuch zu bringen. Nicht, dass diese Kinder in der Stadt noch sagen, es sei langweilig hier bei uns auf dem Land."

„Aha. Und deswegen hast du das Mädchen gebissen? Damit es seinen Besuch möglichst spannend findet?"

„Ja. Äh, nein. Also, äh ..." Verdammt! Der bringt mich noch richtig aus dem Konzept. „Quatsch. So meinte ich das nicht. Ich wollte sagen: Ich habe sie auch gar nicht richtig gebissen. Höchstens ganz sanft gezwickt. Überhaupt ist das jetzt auch egal. Hauptsache, ich kann noch bei der Halloween-Party mitmachen!"

In diesem Moment öffnet sich wieder die Stalltür und Frau Schulze-Naumann kommt noch einmal herein. Im Schlepptau hat sie das größere Mädchen. Trine, wenn ich mich nicht täusche.

„Das ist wirklich nett, dass du mir helfen willst!", lobt Frau Schulze-Naumann sie. „Lina und Lucas kommen schließlich erst heute Mittag aus der Schule und es gibt noch so viel für unsere Halloween-Feier vorzubereiten."

„Kein Problem, Frau Schulze-Naumann", erwidert das Mädchen freundlich. „Lina hat mir schon viel von der Party erzählt. Das klang wirklich super und da helfe ich doch gern."

„Prima!", freut sich Lucas' Mutter und geht zielstrebig auf meine Box zu. „Wir müssten jetzt erst mal versuchen herauszufinden, was für einen Bauchumfang unser Pony Bulli hat. Ich habe es eben schon mit dem Maßband probiert, aber er scheint kitzelig zu sein. Jedenfalls hat er mich nicht so recht an sich herangelassen. Wenn du ihn also am Halfter festhältst, während ich messe, sind wir bestimmt erfolgreicher. Wir müssen nur sehen, dass sich Bulli von uns aufhalftern lässt. Er ist sehr schlau und ahnt ja schon, worauf das hier hinausläuft."

Trine lächelt.

„Ich werde mir Mühe geben. Ich habe eigentlich keine Erfahrung mit Ponys, aber vielleicht klappt es ja. Ich würde es jedenfalls gerne mal probieren."

Frau Schulze-Naumann nickt und gibt Trine das Halfter.

„Also, versuch es mal", ermuntert sie das Mädchen.

Natürlich wird das klappen, meine liebe Trine!, würde ich am liebsten laut rufen. *Du wirst gleich sehen, dass vor dir das liebste Pony der Welt steht!*

Kaum sind Trine und Frau Schulze-Naumann in meiner Box, halte ich Trine schon meinen Ponykopf hin, sodass sie mir völlig problemlos das Halfter anziehen kann. Frau Schulze-Naumann staunt nicht schlecht.

„Donnerwetter, du scheinst wirklich gleich einen Draht zu unserem Bulli gefunden zu haben! Dann halt ihn mal gut fest und ich messe ihn."

Trine steht neben meinem Kopf, hält mich am Halfter und streichelt mir über den Nasenrücken. Ich versuche, so sanft wie möglich dreinzuschauen, was nicht ganz einfach ist, weil mich Frau Schulze-Naumann ziemlich mit dem Maßband kitzelt. Aber ein paar Minuten später ist sie schon fertig und steckt zufrieden den Zettel mit den Maßen in ihre Hosentasche.

„So“, sagt sie, „das wäre geschafft. Vielen Dank für deine Hilfe, Trine. Du scheinst ein Naturtalent beim Pferdeflüstern zu sein!“

„Oh, nicht der Rede wert!“, meint Trine bescheiden. „Hat ja Spaß gemacht. Und Bulli ist wirklich ein ganz Lieber!“

Dann zieht sie mir das Halfter wieder aus, die beiden gehen aus der Box und sind kurz darauf verschwunden.

Wally kommt mit seinem großen Holsteinerkopf über unsere Boxenwand und starrt mich an.

„Eines steht für mich nun fest!“, verkündet er und klingt dabei nicht ganz so freundlich wie sonst.

„Ja, was denn?“, erkundige ich mich möglichst unschuldig.

„Du bist käuflich. Für einen Sack Möhren bist du sogar bereit, so zu tun, als ob du ein sehr freundliches Pony wärst!“

Pfff – na und? Wenn Wally denkt, dass ich die Möhren kampflos aufgebe, hat er sich jedenfalls getäuscht!

Notflunkerei und Modedesign

Trine kommt mir mit roten Wangen und leuchtenden Augen entgegen, als ich auf Onkel Hapes Hof marschiere.

„Hallo, Lina, du glaubst nicht, was passiert ist!", ruft sie mir aufgeregt zu.

Ich hoffe doch sehr, dass sie mir sagen will, dass Jette sich wieder etwas beruhigt hat. Das mit der Trennung ihrer Eltern ist echt knalldoof. Jette tut mir deshalb total leid. Ich habe auch allergrößtes Verständnis dafür, dass sie nicht gerade wie ein gut gelaunter Floh durch die Gegend springt. Dass Jette jedoch vorhat, die nächsten Tage mein Zimmer nur zu verlassen, wenn sie mal aufs

Klo muss, das halte ich allerdings für ein kleines bisschen übertrieben.

Trine sieht das ganz genauso. Wir sind beide der Meinung, dass Ablenkung und Spaß gerade gut sind, wenn es einem nicht so toll geht. Doch egal was wir Jette gestern Abend, ja sogar die halbe Nacht lang vorgeschlagen haben, wie sehr wir versucht haben, sie zu trösten und ein wenig aufzubauen, bisher war alles erfolglos.

„Geht es Jette etwas besser?", frage ich deshalb hoffnungsvoll.

Doch leider schüttelt Trine den Kopf. „Nö, sie hockt nach wie vor auf dem Sofa in deinem Zimmer und will nichts hören und sehen. Ich hab's irgendwann nicht mehr ausgehalten und bin ein bisschen rausgegangen."

„Kann ich verstehen …"

„Ich war drüben im Stall bei deinem Bulli." Trine grinst begeistert. „Ich habe ihn zusammen mit Frau Schulze-Naumann vermessen. Sie hat mir erzählt, dass es ihre große Leidenschaft ist, zu schneidern. Und dass sie schon die Kostüme für Lucas und dich fertig hat und nun noch schnell die für Wally und Bulli machen will. Aber Bulli wollte einfach nicht stillhalten. Erst als ich ihr geholfen habe, war er ganz artig."

Ich bekomme vor lauter Staunen erst mal kein Wort heraus. Bulli hat sich von Trine vermessen lassen? Wow, das hätte ich im Leben nicht gedacht. Eigentlich mag mein schwarzer Ponykumpel es nicht, wenn andere Kinder ihn anfassen.

Doch Trine schildert mir voller Freude, wie artig der Dicke gewesen ist und wie nett sie Frau Schulze-Naumann findet.

„Genauso wie Lucas ...“, schiebt sie noch leicht verschämt hinterher, als sich die Haustür öffnet und Mama im Rahmen steht. Im nächsten Moment schießt Karlchen an ihr vorbei und springt freudig an mir hoch.

„Ja, mein Kleiner, ich bin wieder zu Hause“, rede ich liebevoll auf meinen Hund ein und klopfe ihm den Kopf, soweit mir das gelingt bei seinem hyperaktiven Gehopse.

„Lina, da bist du ja endlich“, sagt Mama erleichtert.

HÄ? Ich habe mich doch extra beeilt. Lucas hat mich sogar angemotzt, dass ich gefälligst nicht so rennen soll, als wir eben von der Bushaltestelle nach Hause gelaufen sind. Aber Lucas ist sowieso noch immer ziemlich rotzig drauf, weil ich gestern Abend dann doch nicht mehr rüber zu den Schulze-Naumanns ins Reiterstübchen gegangen bin, um an der Besprechung wegen Halloween teilzunehmen. Dass ich Jette in diesem Zustand unmöglich allein lassen konnte, will er einfach nicht als Grund dafür gelten lassen und grummelt weiter vor sich hin.

Boah, ich kann echt nur wiederholen, den Besuch meiner beiden Hamburger Freundinnen, den habe ich mir echt anders vorgestellt.

„Lina, du, wir müssen uns was wegen Jette einfallen lassen", erklärt Mama und verdreht dabei die Augen. „Jetzt will sie auch nichts mehr essen. Sie sitzt in deinem Zimmer und starrt die ganze Zeit auf ihr Handy. Am liebsten hätte ich es ihr weggenommen."

Mama ist wirklich verzweifelt. Aber mir geht es nicht anders. Ich hab echt keinen Plan, wie wir Jette helfen können.

„Also, wenn Sie meine Meinung dazu hören wollen", sagt nun Trine und hakt sich bei mir unter, „am besten wird es sein, wir zwingen sie einfach zu ihrem Glück."

Mama und ich gucken Trine fragend an. „Zwingen? Zu ihrem Glück?", murmele ich.

Trine nickt. „Ja, so machen wir das. Als ich eben Frau Schulze-Naumann bei Bullis Vermessung geholfen habe, da ist mir nämlich was richtig Gutes eingefallen." Trine sieht sich nach allen Seiten um. Als wäre sie eine Geheimagentin und befürchtet, sie könnte belauscht werden. Erst als sie sicher ist, dass uns niemand bespitzelt, erklärt sie Mama und mir ihren Plan. Allerdings so leise, dass ich mich echt anstrengen muss, sie zu verstehen.

„Also, ich habe mir überlegt ..." Trine flüstert und flüstert und ja, am Ende muss ich schon zugeben, die Idee ist echt nicht schlecht.

„Von mir aus, versucht es", sagt Mama. „Aber, wenn sie sich weiterhin weigert, etwas zu essen und zu trinken, Lina, dann muss ich ihre Eltern verständigen, damit sie ihre Tochter bitte abholen kommen. Ich kann nicht die Verantwortung dafür übernehmen, dass Jette womöglich noch ohnmächtig wird vor Hunger und Durst. Ach so, und Frau Schulze-Naumann muss auch einverstanden sein. Schließlich hat sie richtig viel Arbeit mit den Kostümen."

Ich nicke. Auch wenn ich Mamas Sorge für ziemlich übertrieben halte. Und außerdem: Es sind ja gerade ihre Eltern, die Jette so große Sorgen bereiten!

„Ich schätze, das wird nicht nötig sein", meint Trine. „Mein Plan wird hinhauen. Bestimmt!"

Wir laufen die Treppe hoch. Bevor ich meine Tür aufmache, reibe ich mir noch mal ordentlich die Wangen, damit sie knallrot sind. Dann treten Trine und ich ein.

Jette sitzt auf dem Sofa, und zwar ganz genauso, wie heute Morgen, als ich zur Schule gegangen bin.

Ich versuche, schrecklich verzweifelt zu klingen, als ich murmele: „Ich bleib bei dir auf dem Sofa, Jette. Alles läuft schief, so richtig und komplett. Dabei haben Bulli und ich uns so sehr auf die Halloween-Party gefreut und jetzt muss sie ohne uns stattfinden. Keine Reitshow, kein Kostümwettbewerb, kein Gruselschocker-Essen, kein gar nichts." Ich schicke einen tieftraurigen Seufzer hinterher.

Trine lässt sich an Jettes andere Seite plumpsen. „Tut mir total leid, Lina", erklärt sie super mitleidig. „Ich würde euch ja gerne helfen. Aber ich kenne mich mit

Modedesign und Schneidern einfach nicht so gut aus. Und außerdem", sie macht eine Pause und legt Jette den Arm um die Schulter, „kann ich Jette nicht allein hier in deinem Zimmer hocken lassen."

Ich beginne, innerlich zu zählen. Wann wird Jette anspringen? Ähm, wird sie überhaupt anspringen? Wenn nicht, hm, dann weiß ich auch nicht weiter.

Drei ... Vier ... Fünf ... Sieben ... Elf ... Siebzehn ... MIST, das wird nichts. Der Plan ist gefloppt. Komplett.

„Was muss denn entworfen und geschneidert werden?", krächzt Jette endlich, als ich schon aufgeben will.

Am liebsten würde ich „Juchhei!" kreischen und Trine einen dicken Freundinnen-Schmatzer auf die Wange drücken. Jette hat angebissen. Wir haben sie am Haken. Doch natürlich darf ich mich nicht zu früh freuen. Bloß nicht. Noch ist nichts geritzt.

„Die Kostüme für Bulli und mich und na ja, leider auch für Wally und Lucas. Lucas' Mama wollte das übernehmen. Doch eben habe ich erfahren, dass sie sich ganz böse in den Finger geschnitten hat und nicht weitermachen kann."

Ich weiß, ja, ich weiß, Lügen sind doof. Aber wenn es sich um eine Notflunkerei handelt, also, wenn man nur lügt, um einem anderen damit zu helfen, dann finde ich es nicht so schlimm. Mama hat jedenfalls auch gemeint, wir sollen es versuchen. Also lüge ich sozusagen mit der Erlaubnis meiner Mutter.

„Ich könnte es mir ja mal ansehen ...“, murmelt Jette. „Also, wenn es dir so wichtig ist ...“

Ich falle ihr um den Hals und drücke sie so doll, dass sie nach Luft japst.

„Lina, hör auf, du erwürgst mich“, beschwert sie sich.

Schnell rücke ich wieder von ihr ab.

„Sorry, kommt nicht wieder vor", verspreche ich und grinse.

Schwerfällig erhebt sich Jette vom Sofa. „Wo ist denn das Kostüm? Ich meine, wie weit ist Lucas' Mutter damit schon gekommen?"

Verflixt! Das Kostüm. Natürlich ist es fertig. Lucas' auch. Und für Bulli und Wally sind die Entwürfe längst gemacht. Ich muss zusehen, dass ich schnell zu den Schulze-Naumanns rüberkomme und alle dort einweihe. Ach ja, und zu Bulli muss ich auch. Er darf Jette auf gar keinen Fall wieder beißen oder treten oder sonst wie blöd zu ihr sein. Sonst lässt sie es gleich wieder bleiben, uns neue Kostüme zu entwerfen – was übrigens Jettes große Leidenschaft ist. Später will sie sogar mal Modedesign studieren.

„Ähm ... na ja, ich muss mal ..."

„Frau Schulze-Naumann hat schon alles weggeworfen. Es war so oder so richtig schlecht", behauptet Trine.

Nun fangen Jettes Augen tatsächlich zu leuchten an. „Das heißt, ich muss alles ganz neu entwerfen?"

Trine und ich nicken geknickt und Jette strahlt wie ein Honigkuchenpferd. „Dann mal los. Den Kostümwettbewerb hast du schon gewonnen, Lina", verspricht sie mir.

Oha, jetzt muss ich nur noch Lucas und seiner Mutter erklären, dass sie leider, leider alles, was sie schon längst fertig haben, sofort und für immer verschwinden lassen müssen. Zumindest bis zum nächsten Jahr. Ich kann nur hoffen, dass sie mitspielen – und dass Bulli sich benimmt.

Bulli – Model wider Willen

Alter Misthaufen! Hier geht es ja heute zu wie im Taubenschlag! Gerade will ich zur verdienten und gepflegten Mittagspause ein wenig die Augen zumachen, da fliegt schon wieder die Tür zu unserem Stall auf und Lina kommt hereingestapft.

„Bulli, ich habe einen Plan und du MUSST mitspielen!", ruft sie mir zu und ist dabei fast atemlos. Das muss ja ein doller Plan sein!

„Also, mein Lieber", erzählt sie dann, „du hast doch schon von der Kostümparty gehört. Die, für die dich Trine vermessen hat. Ich freue mich, dass du da so brav geblieben bist. Und nun habe ich folgende Bitte: Würdest du dich noch mal so brav von Jette vermessen lassen? Ohne sie zu beißen?"

Ich lege die Ohren an und puste kräftig durch meine Nüstern. Noch mal diese ganze Prozedur? Die haben doch schon meine Maße! Was hat Frau Schulze-Naumann denn mit dem Zettel gemacht? Etwa verloren?

„Ach, Bullchen, zier dich doch nicht so! Bitte!" Lina klingt flehentlich, ich schnaufe tief durch.

„Nu stell dich nicht so an", kommt es jetzt auch noch von Wallys Seite. Na prima! Mein Kollege hat offenbar seinen geheiligten Mittagsschlaf unterbrochen, um seinen Senf dazugeben zu können.

„Guck mal, Bulli – der liebe Wally findet auch, dass du mir helfen solltest. Er hat schon gewiehert!" Dann wendet sie sich direkt an Wally: „Und du müsstest dich bitte auch noch mal vermessen lassen. Aber dir muss ich das mit dem Liebsein ja nicht extra sagen."

Wally wiehert sanft und ich kriege die Vollkrise. Wenn mich Lina darum bittet, muss es ihr wirklich wichtig sein. Mir wird also nichts anderes übrig bleiben, als noch mal so ein Gör an mich ranzulassen. Heiliger Hafersack, was macht man nicht alles für *sein* Mädchen!

„Ach, hier bist du! Ich habe dich schon überall gesucht!" Lucas taucht auf. Hier scheint heute Generalversammlung zu sein. Fehlen nur noch Oma Gertrud, Linas Mama und Onkel Hape, dann wären wirklich alle bei uns im Stall!

„Oh, welch hohe Ehre! Der Herr redet wieder mit mir!" Bilde ich mir das ein oder klingt Lina spöttisch? Das ist bei Menschen nicht immer so einfach festzustellen: Ob sie etwas sagen und das auch so meinen – oder ob sie etwas sagen, weil sie genau das Gegenteil davon meinen. Letzteres nennt sich Ironie und ist extrem schwer auszumachen. Jedenfalls, wenn man ein Pony ist.

Lucas sagt erst mal nichts, sondern öffnet Wallys Boxentür und stellt sich neben den alten Schimmel. Dann räuspert er sich und lehnt sich über die Boxentrennwand zu uns herüber.

„Ja, ähm, okay, ich war gestern irgendwie nicht so gut drauf. Sorry." Aha? Haben die beiden etwa Streit?

Lucas macht eine Pause, wahrscheinlich will er sehen, ob sich Linas Miene schon irgendwie aufhellt. Ich werfe ihr einen kurzen Blick zu – tatsächlich! Lucas' Einstieg ist also schon mal gelungen. „Ich … äh … also, irgendwie reagiere ich empfindlich, wenn jemand so tut, als sei ich ein Landei. Könnte mir eigentlich egal sein, aber ehrlich gesagt trifft es mich schon. Und deswegen war ich ein bisschen angefasst. Ich weiß, dass du nichts dafürkannst. Tut mir leid!"

Lina geht zur Trennwand und lehnt sich ebenfalls darüber.

„Ist okay, Lucas. Ich bin froh, dass du mir das sagst. Gedacht hatte ich es mir natürlich schon, aber ich hatte schon Sorge, dass du jetzt auch sauer auf mich bist."

Lucas schüttelt den Kopf.

„Nee, überhaupt nicht. Ich weiß, dass du nicht so denkst. Und außerdem", er grinst, „bist du doch selbst schon längst ein Landei! Hier, guck mal, was du im Haar hast!" Er beugt sich vor und zieht mit einer schnellen Handbewegung einen Strohhalm aus Linas Haaren. Sie kichert.

„Da hast du recht. Aber auf dem Land ist es toll. Und außerdem geht hier auch oft die Post ab. Zum Beispiel morgen: unser Halloween-Fest! Und das ist für mich die Gelegenheit, Jette ein bisschen aufzumuntern."

Lucas verzieht das Gesicht.

„Warum willste die denn aufmuntern? Ich glaube, die findet hier einfach alles doof, egal, was es ist."

„Stimmt nicht. Jette ist eigentlich total anders. Sie hat nur gerade 'ne echt schwere Zeit." Die letzten Worte klingen so traurig, dass sich selbst mein Ponymagen zusammenzieht. Heiliger Strohsack, das klingt ja ganz dramatisch! Auch Lucas guckt nun besorgt.

„Wieso? Was ist denn los bei Jette?"

„Also", Lina senkt die Stimme und flüstert nun fast, was ziemlich albern ist, weil außer Wally und mir niemand in der Nähe ist, der es weitererzählen könnte. Und wir beiden Vierbeiner es genau genommen auch nicht in die Welt hinauströten könnten. „Also", wiederholt sie noch einmal, „es ist so: Jettes Eltern trennen sich und deshalb ist sie völlig verzweifelt."

Na und?, möchte ich wiehern. Meine Eltern sind schließlich auch nicht mehr zusammen. Waren sie vermutlich nie. Mein Vater war ein schneidiger Hannoveranerhengst auf einem kleinen Gestüt im Norden, meine Mutter eine sehr edle und zierliche Reitponystute aus England. Meine Mutter hat mich komplett alleine aufgezogen und ich würde sagen, ich hatte eine wunderschöne Fohlenzeit. Kein Grund also, den Kopf hängen zu lassen.

Lucas scheint das allerdings völlig anders zu sehen. „Oh nein, die arme Jette!", ruft er, „dann verstehe ich, dass sie so schlecht drauf ist. Aber was können wir denn dafür tun, dass es ihr wieder besser geht?"

„Na ja, Trine hatte folgende Idee: Wir überzeugen Jette davon, dass nur ihre Fähigkeiten als Modedesignerin die Party morgen noch retten können. Ich habe ihr erzählt, dass sie uns helfen muss, alle Kostüme für das Fest zu machen. Darauf freut sie sich jetzt und sie ist sogar aus meinem Zimmer rausgekommen. Bedeutet gleichzeitig: Sie darf auf keinen Fall erfahren, dass es eigentlich schon Kostüme für dich und mich gibt. Die müssen wir einfach verstecken, verstehst du?"

Lucas nickt.

„Ja, verstehe ich. So ungefähr jedenfalls. Ich sag mal nix und Jette denkt dann, sie würde uns notfallmäßig Kostüme designen und nähen, richtig? Wobei – die Kostüme für Bulli und Wally wollte meine Mutter tatsächlich heute Nachmittag noch mal anpassen. Sie hatte den Eindruck, die beiden haben zugenommen, und wollte nachmessen."

Lina grinst, dreht sich noch mal zu mir um und tätschelt meinen Bauch. Mistige Mistforke – was soll das denn?

„Joa, das könnte glatt sein. Hat Trine aber heute Morgen schon erledigt."

„Was ist mit Trine?" Jette kommt durch die Stalltür spaziert. Aber anders als gestern Nachmittag wirkt sie äußerst gut gelaunt. Sie strahlt geradezu, was sie gleich viel netter aussehen lässt.

„Oh, hallo!", begrüßt sie Lina. „Ich habe Lucas nur gerade erzählt, dass Trine seiner Mutter heute Morgen schon beim Ausmisten geholfen hat."

Natürlich ist das eine faustdicke Lüge, aber Jette strahlt weiter und fragt nicht mehr nach. Stattdessen schwenkt sie ein kleines Täschchen vor sich her.

„Guckt mal, das hier ist meine To-go-Schneiderausrüstung, die ich immer bei mir habe. Da ist auch ein Maßband drin und Schneiderkreide und Stecknadeln und all solche Sachen. Damit werde ich jetzt diese beiden Vierbeiner vermessen und dann mache ich mich im Nähstübchen im Herrenhaus gleich an die Arbeit. Ich habe auch schon tolle Ideen für eure Kostüme!"

Heiliger Hafersack! Die ist ja wirklich wie ausgewechselt! Gestern noch die ätzende Oberzicke, heute die geniale Modedesignerin. Jetzt öffnet Jette meine Boxentür und steht – schwupps! – neben mir.

„So, mein liebes schwarzes Pony", säuselt sie mir ins Ohr, „dann halt mal fein still, dann wissen wir gleich, welche Maße du hast."

Ich atme schnaufend ein – und fange mir einen sehr scharfen Blick von Lina ein. Ja, ja, ist ja gut. Ich werde ganz brav stehen bleiben und so tun, als wäre das hier die schönste Sache der Welt für mich. Was tut man nicht alles für sein allerliebstes Ponymädchen? Eben!

Bei Streitigkeiten empfiehlt sich Reiten

Jette sitzt am großen Esstisch im Herrenhaus der Schulze-Naumanns und hantiert mit riesigen Schnittmustern, Bleistiften und bunten Markern herum. Ihre Wangen glühen und ihre Finger bewegen sich so geschickt, dass ich einen Moment direkt vor dem Tisch stehen bleibe, um ihr beeindruckt bei ihrer Arbeit zuzusehen. Jette ist so was von in ihrem Element, dass sie mich nicht einmal bemerkt.

Erst als Lucas angelatscht kommt, hebt sie den Kopf und schaut uns ziemlich verwirrt an.

„Upsi, steht ihr etwa schon länger hier?", wundert sie sich.

Ich nicke, Lucas schüttelt den Kopf. „Bin gerade erst gekommen." Er betrachtet die Teile aus dünnem Papier und fragt: „Werden das etwa unsere Kostüme? Sollen Lina und ich samt Pferden als Papiermännchen gehen, oder was?"

Jette lacht kurz auf. „Nein, natürlich nicht. Das sind doch nur die Schnittmuster. Die muss ich als Erstes entwerfen. Danach übertrage ich das Ganze dann auf den Stoff und schneide die einzelnen Teile aus. Anschließend nähe ich alles zusammen und wir können das erste Mal anpassen. Aber dabei bleibt es natürlich nicht. Bis ich mein Design freigebe, müssen wir mindestens dreimal anprobieren."

„Soso", murmelt Lucas. „Ganz schön viel Aufwand. Meine Mutter hat mir nur das fertige Kostüm gegeben und gut war."

Ich trete Lucas unauffällig auf den Fuß. Doch es ist zu spät.

Misstrauisch mustert Jette ihn. „Was meinst du mit fertigem Kostüm? Ich dachte, es gibt keine Kostüme?"

„Öh ... na ja, ich ... also ..."

„Was denn nun?" Jettes Stimme bekommt schon wieder diesen giftigen Unterton. Auweia, unser schöner Plan scheint zu kippen, weil Lucas sich unbedingt verquatschen musste. Mann, dabei war alles so perfekt geregelt. Selbst seine Mutter spielt mit. Sie hat sich extra die Hand verbunden, damit Jette das mit der Verletzung glaubt.

„Ich meinte nicht jetzt, also nicht dieses Mal", brummt Lucas. „Wenn sie früher Kostüme für Halloween oder so gemacht hat."

Jette nickt verstehend. „Ach so, ja, klar, jetzt kapiere ich es. Aber weißt du, deine Mutter macht das ja nur hobbymäßig, also ziemlich laienhaft. Ich hingegen will später beruflich Modedesignerin werden und natürlich muss ich da gleich von vornherein wesentlich professioneller arbeiten."

Ich sehe Lucas an, dass er den leicht angeberischen Unterton in Jettes Stimme auch mitbekommen hat und dass ihm das absolut nicht schmeckt.

Bevor er sich nochmal verplappern kann, schnapp ich mir seinen Ärmel und sage: „Lucas, wir müssen jetzt auch dringend rüber in die Halle. Dein Papa hat gemeint, wir sollen schon mal mit dem Schmücken anfangen."

Lucas guckt, als wäre ihm ein ICE über den Fuß gerattert. „Hä? Heute schon schmücken? Vorhin hat er noch gemeint, wir machen das morgen früh."

Ich zerre ihn mit mir zur Tür, auch wenn er sich wehrt. Jette ist zum Glück schon wieder in ihre Schnittmuster vertieft, sodass sie nicht mitbekommt, wie Lucas angestrengt versucht, meine Hand von seinem Ärmel abzuschütteln.

Draußen motzt er mich dann auch sofort an: „Was soll das, Lina? Wir können die Halle überhaupt nicht schmücken. Heute Abend ist noch Springunterricht. Mein Vater hat die Studentenreitergruppe da und die werden wohl kaum über Spinnenweben-Oxer oder 'nen Fledermaus-Steilsprung jumpen wollen."

„Jetzt schrei hier doch nicht so herum. Oder soll Jette gleich wieder misstrauisch werden? Das habe ich natürlich nur gesagt, weil ich dich aus der Schusslinie haben wollte." Ich klatsche mir genervt die Hand vor die Stirn. „Mannomann, ich wusste echt nicht, dass du so schwer von Begriff bist."

„Und ich wusste echt nicht, dass du dich wieder in die doofe Großstadtzicke verwandelst, kaum, dass deine ach so tollen Mädels hier aufschlagen." Wütend streckt Lucas das Kinn vor und stampft davon.

Ich laufe ihm hinterher. Menno, nicht schon wieder Streit. Habe ich eigentlich schon mal erwähnt, dass ich mir den Besuch meiner besten Freundinnen ganz anders vorgestellt habe?!

Lucas rennt über den Hof Richtung Stall, ich renne ihm hinterher.

„Jetzt warte doch!", rufe ich.

Doch Lucas marschiert weiter. Rein in Bullis und Wallys Stall, wo er mir direkt vor der Nase die Tür zuschlägt.

Ich bleibe kurz davor stehen, hole tief Luft und versuche, mich innerlich zu beruhigen. Nein, Lina: NICHT SCHON WIEDER STREIT!

Als ich schließlich eintrete, lächele ich und meine Stimme klingt sehr, sehr sanft. „Lucas, bitte lass uns nicht gleich wieder doof miteinander sein. Es tut mir auch wirklich leid. Ich wollte dich bestimmt nicht blöd vor Jette dastehen lassen, aber ..." Bulli stupst mich mit seinem weichen Maul leicht an. Ein Blick in seine klugen, dunklen Augen und ich muss leise auflachen. „Ja, mein Bester, du hast recht, mir geht der ganze Stress auch total auf den Geist."

„Mir auch", brummt Lucas.

Ich rutsche etwas nach links und beuge mich über Wallys Boxentür zu Lucas vor, der dem alten Holsteiner gerade das Halfter anlegen will.

„Was hast du vor?"

„Wally satteln. Das machst du jetzt am besten auch mit Bulli", brummt er, ohne mich dabei anzugucken. „Bei Streitigkeiten empfiehlt sich Reiten! Hat schon mein Opa gesagt und so ist es auch."

Schon wenige Minuten später reiten wir die lange Lindenallee entlang, die zum Wald führt. Für einen Spätherbsttag ist es ungewöhnlich mild. Der Himmel leuchtet blau und wolkenlos und die noch verbliebenen Blätter an den Ästen und Zweigen der Bäume glänzen in verschiedenen Braun- und Rottönen in der Sonne.

Lucas reitet auf Wally vorweg. Der alte Holsteiner kann sein Glück kaum fassen – normalerweise nimmt Lucas nämlich seine Stute, wenn er ins Gelände geht.

Bulli kaut willig am Gebiss und schnaubt zufrieden, als ich ihm den Hals klopfe. Die frische Luft tut uns allen gut, auch wenn sich meine Gedanken immer wieder zu Jette und Trine verirren. Natürlich bin ich erleichtert, dass Jette jetzt voll in ihrem Element ist und uns bestimmt grandiose Kostüme schneidert. Aber trotzdem ist die Sache mit ihren Eltern einfach nur traurig.

Erst ein flotter Trab bringt mich wieder auf andere Gedanken. Ich liebe diese Gangart im leichten Sitz. Das rhythmische Auf und Ab, während Bullis Mähne im Wind flattert und seine Hufe im Takt über den weichen Boden stampfen.

Als wir den Waldweg erreichen, pariert Lucas durch. Es duftet herrlich nach würziger Waldluft, ich atme tief durch.

„Immer wieder schön hier", schwärmt auch Lucas.

Onkel Hape hat neulich mal beim Essen gesagt, dass er an Lucas ganz besonders seine Naturverbundenheit und seinen Blick für die kleinen Dinge mag. Jetzt gerade fällt mir wieder ein, warum ich so gerne mit ihm befreundet bin, denn ich habe von Lucas wirklich gelernt, die Welt mit ganz anderen Augen zu sehen.

Die Pferde laufen artig dahin. Ab und zu geben sie ein leises Schnauben von sich oder zucken mit den Ohren und scheuchen lästige Fliegen weg.

„Verrückt, dass es noch immer Fliegen gibt. Der Sommer scheint dieses Jahr direkt in den Winter überzugehen."

Ich nicke. Und dann sagen wir wieder eine ganze Weile lang nichts. Ich frage mich, ob eine durchquatschte Nacht mit meinen Mädels mit dieser vertrauten Stille zwischen Lucas und mir mithalten kann.

„Du, Lucas, ich bin echt froh, dass wir so gute Freunde sind", gestehe ich ihm und find's kein bisschen peinlich.

Lucas guckt mich an und grinst frech. „Finde ich auch. Mit niemand sonst kann ich so gut streiten."

Ich strecke ihm die Zunge raus. „Doofi!"

Der Waldweg endet und vor uns liegt eine große Wiese.

„Wollen wir galoppieren?", fragt Lucas.

„Super Idee", sage ich freudig.

Wir liefern uns ein regelrechtes Wettrennen. Bulli bringt es trotz des wilden Tempos zustande, ein paar übermütige Buckler zu vollführen. Doch mittlerweile bin ich ziemlich sicher im Sattel, sodass ich mich von seinem Übermut kein bisschen beeindrucken lasse.

Als wir kurz darauf unsere Pferde durchparieren, strahlen Bulli und ich um die Wette. Nichts auf der Welt ist so traumhaft schön und macht so glücklich, wie im gestreckten Galopp über eine Wiese zu donnern.

Und ja, Lucas und sein Opa haben recht: Bei Streit hilft am besten Reiten!

Als wir auf den Hof reiten, kommt Trine angewippt. Und wenn ich sage gewippt, dann meine ich das auch so. Sie geht nicht, sie schwingt, als hätte sie Spiralen unter den Sohlen. Ihre dunklen Haare wehen wie ein Schleier im Wind und ihre Lippen sind auffällig rot.

„Hi, ihr beiden", trällert Trine und schenkt Lucas ein warmes Lächeln.

„Hi, Trine", erwidere ich.

Lucas sagt nichts. Er starrt Trine nur perplex an.

„Wo wart ihr denn? Ich habe euch schon überall gesucht."

Verflixt, ich habe Trine total vergessen. Eigentlich hatte ich vorhin nur vor, schnell mal nach Jette zu schauen. Danach wollte ich mit Trine in meinem kleinen Atelier, das sich in Onkel Hapes großem Atelier befindet, ein bisschen zeichnen. Trine ist genauso wie ich ein großer Fan davon.

„Es tut mir total leid, Trine", wispere ich verschämt und merke direkt, wie mir das Blut ins Gesicht schießt. „Ich habe …"

„Sorry, Trine", fällt Lucas mir ins Wort. „Ich bin schuld. Wenn schon, dann musst du auf mich sauer sein. Ich musste unbedingt mit Wally im Gelände eine große Runde galoppieren. Er ist ein echter Wildfang und wenn er sich heute nicht noch mal auspowert, dann kann ich ihn morgen beim Kostümreiten nicht bändigen. Ich habe Lina überredet, mitzukommen."

Trine lächelt Lucas an – nein, sie himmelt ihn an. „Kein Problem, Lucas", zwitschert sie zuckersüß. „Wenn es dir hilft, dann ist alles gut."

Herrje, Trine ist verknallt. Jetzt bin ich mir ganz, ganz sicher.

Ähm … habe ich schon erwähnt, dass ich mir den Besuch meiner Freundinnen ganz anders vorgestellt habe?

Peinlicher Kostümschreck und heulende Ponykinder

Das kann doch nicht euer Ernst sein! Nicht wirklich! Ich stehe vor dem großen Spiegel in der Reithalle und bin regelrecht schockgefrostet. Denn – und das ist keine Übertreibung – ich sehe aus wie ein Papagei. Einfach nur schrecklich, affig und peinlich. Jette hat mich extra in die Halle gebracht, um bei der Kostümanprobe besser um mich herumlaufen zu können. Nun hält mich Lina am Halfter fest, während Jette um mich herumturnt und hier und da etwas an der Klamotte zupft und zuppelt, in die sie mich gesteckt hat. Am eigentlichen Ergebnis ändert das aber nichts. Grau-en-haft! Ich trage eine Art Fliegendecke, in deren Netz Federn stecken. Also, keine echten Federn, sondern Stofffetzen, die in Federform geschnitten sind. Was das Sehen von Farben anbelangt – das ist nicht gerade meine Stärke, aber selbst ich als Pony kann erkennen, dass die ganze Angelegenheit knallbunt sein muss. Mein ganzer edler Sportlerkörper ist also bedeckt mit bunten Federn, noch dazu trage ich eine Ohrenhaube, an der ebenfalls überall Stofffedern angebracht sind. In meinen Schweif hat Jette bunte Bänder geflochten und der untere Rand der Decke wird

von Fransen gesäumt. Die sind, soweit ich das beurteilen kann, natürlich auch knallbunt. Mit anderen Worten: Ich sehe rundum scheußlich aus! Wenn ich mich morgen so auf die Party wage, werde ich zum Gespött des ganzen Reiterhofs werden! Ich, Lord Royal Bullheimer, meines Zeichens ein edles Dressurpony! Was für ein Abstieg! Die kleinen Shetlandponys, die am anderen Ende der Reithalle gerade bei der Kinderreitstunde von Lucas im Kreis traben, werfen mir verstohlene Blicke zu und ich kann genau erkennen, dass sie sich innerlich schon krümmen vor Lachen. Wer könnte es ihnen verdenken!

„Ui, Bulli", schnauft Wally, „du siehst wunderschön aus! Jette hat das einfach ganz toll gemacht!" Er wiehert und fast überschlägt sich seine Stimme vor Begeisterung. Der meint das also offenbar ernst mit seinem Kompliment und das lässt nur einen Schluss zu: Wally hat 'ne Vollmeise. Aber egal. Nein, im Gegenteil: Diesmal bin ich sogar froh, dass es so ist. Denn mit Wally an meiner Seite gibt es immerhin einen Teilnehmer am Kostümfest, der noch beknackter aussieht als ich. Wally selbst

ist von Jette nämlich in einen riesigen Schwan verwandelt worden. Ob sie sein Schimmelweiß dazu inspiriert hat oder woran auch immer es gelegen haben mag – jedenfalls hat Jette aus Pappe zwei übergroße Schwanenflügel geschnitten und mit weißem Stoff beklebt. Diese hat sie dann mit einem Draht seitlich am Sattel angebracht, auf den sich wohl Lucas setzen soll. Na, der wird sich aber freuen! In Wallys Mähne wehen weiße Tüllstreifen und auch er hat nun eine Fliegenhaube auf dem Kopf, ebenfalls weiß und mit kleinen Glöckchen versehen, die jedes Mal bimmeln, wenn er den Kopf bewegt. Aber statt wie ich eine Fliegendecke zu tragen, ist er am gesamten Körper mit weißem Tüll umhüllt, ganz so, als hätte ihn Jette in ein riesiges Tutu gesteckt. Diese Röckchen kenne ich nur zu gut, denn viele der kleinen Mädchen, die so gern zum Reiten kommen, gehen auch zum Ballett und ich habe schon häufig dabei zugesehen, wenn sie sich gegenseitig ihre neueste Tanzmode zeigen, bevor sie sich zum Reiten umziehen. Genau, jetzt habe ich's! Wally ist eine Mischung aus Schwan und Ballerina. Der reinste Albtraum für ein Springpferd, das halbwegs etwas auf sich hält!

Das scheint Wally allerdings ganz anders zu sehen. Begeistert dreht er sich vorm Spiegel auf und ab – Trine, die ihn festhalten soll, hat damit arge Probleme.

„Brrr, halt doch mal still, Wally!“, schimpft sie. Lina lacht.

„Ich glaube, unser Wally hat sich total in sein Kostüm verliebt. Schaut ganz so aus, als wolle er sich unbedingt im Spiegel betrachten. Er sieht aber auch wirklich super aus! Bulli übrigens auch.“

WAAAS?! Bist du blind, Lina? Ich schnaube fassungslos! Was ist denn bloß mit meinem Mädchen los? Sieht sie nicht, wie lächerlich Wally als Schwan daherkommt? Und ich als Paradiesvogel?

„Das hast du wirklich super hinbekommen, Jette“, lobt sie nun ihre Freundin. Aha! Daher weht der Wind! Lina will, dass ihre Freundin sich gut fühlt – genau so, wie sie es Lucas in der Box erklärt hat. Nun gut, das will ich mal gelten lassen. Immerhin ist Jette mittlerweile richtig gut gelaunt und das ist ja auch was. So zickig, wie sie am Anfang war, war sie wirklich nur schwer zu ertragen.

Jette stellt sich neben Lina und mustert Wally und mich eingehend.

„Na ja, es ist schon ganz gut, aber noch nicht perfekt“, stellt sie dann fest. „Irgendetwas fehlt noch.“

Prühhhwühaha! Da fehlt was? Ich würde eher sagen: Das ist schon jetzt viel zu viel! Aber Jette läuft noch einmal um mich herum und prüft alle Federn, die sie an die Decke genäht hat.

„Hier ist noch ein Loch!“, stellt sie dann fest und klopft auf die rechte Seite meines Hinterteils, „da müssen noch ein paar Federn hin.“ Sie nimmt den Korb mit den Stoffteilen, den sie mit in die Halle gebracht hat, fischt ein paar Stofffedern heraus und kommt wieder ganz dicht an mich ran. Sie nimmt noch etwas aus dem Korb und beginnt, damit herumzuhantieren.

Weil sie jetzt direkt hinter mir steht, kann ich nicht genau sehen, was sie macht. Es kitzelt jedenfalls ein bisschen. Ich schüttele mich. Wühiii ... es kitzelt immer mehr und ich schüttele mich immer mehr. Und dann – sticht mich Jette mit einem sehr spitzen Gegenstand direkt in meinen Pony-Po!

PRRRHÜÜÜWÜHHHAIII!!!! Aua! Aua! Ieeehhh! Der Schmerz schießt mir durch den Körper, sodass ich sofort anfange zu bocken. Lina kann mich nicht mehr halten, ich starte regelrecht durch und renne quer durch die Halle. Die Stofffedern, die eben noch an meiner Decke hingen, segeln durch die Luft, was mich noch mehr erschreckt. Je mehr ich aber bocke, desto mehr Federn fliegen um mich herum – es ist einfach entsetzlich! Ich kann einfach nicht anders – ich wiehere, springe herum und schieße kreuz und quer durch die Halle.

Das bleibt leider nicht ohne Folgen, denn jetzt erschrecken sich auch die doofen Shettys, die mich eben noch ausgelacht haben. Erst geht das erste Pony durch und schmeißt sein Kind ab, dann macht sich schließlich die ganze Ponyabteilung auf den Weg. Lucas versucht noch, sich die Zügel von zwei der Ponys zu schnappen – aber es ist aussichtslos: In den nächsten dreißig Sekunden liegen fünf Kinder im Dreck, zwei davon heulen laut, drei schreien herum. Lucas rennt hinter den Ponys her und ruft *brrr* und *ruhig,* aber

keiner meiner Kollegen lässt sich davon beruhigen. Meine Wenigkeit eingeschlossen. Denn durch das ganze Tohuwabohu habe ich wirklich die Nerven verloren und zittere am ganzen Körper, während ich immer noch durch die Halle galoppiere.

Lina ist mittlerweile auch losgerannt und versucht, die Ponys einzufangen, Trine hat sich mit Jette hinter die Bande gerettet. Nur Wally steht wie vom Donner gerührt neben dem Hufschlag vor dem Spiegel und bewegt sich nicht. Mit anderen Worten: Es ist ein komplettes Desaster.

Nach zwei bis drei Minuten habe ich mir so die Seele aus dem Leib gerannt, dass ich mit pumpenden Flanken

anhalten muss. Auch die Shettys haben den Schreck einigermaßen verdaut und sind stehen geblieben. Lucas und Lina fangen sie ein und bringen sie im Gänsemarsch aus der Reithalle, gefolgt von den schniefenden Reitkindern. Ich würde sagen, die Reitstunde ist für heute beendet.

Kurz darauf sind Lina und Lucas wieder da, um auch Wally und mich wieder in die Box zu bringen. Lucas sagt kein Wort, aber ich kann spüren, dass er regelrecht kocht vor Wut. Jette schält sich hinter der Bande hervor.

„Also, dieses schwarze Pony ist aber wirklich sehr wild! Ich kann gar nicht glauben, dass du es gern reitest, Lina!", stellt sie dann fest.

Äh, Moment mal! Das war doch wohl nicht meine Schuld, du blöde Pute! Wenn du mich nicht gestochen hättest, wäre rein gar nichts passiert! Ich fletsche die Zähne und verdrehe die Augen, am liebsten würde ich die doofe Jette beißen, aber das hat mir Lina ja verboten.

Muss ich auch gar nicht – denn jetzt ist es Lucas, der Jette einen Kopf kürzer macht.

„Sag mal, tickst du noch sauber? Bulli hat sich vor dem Kostüm erschreckt und ich kann's gut verstehen.

Denn für diesen affigen Aufzug braucht man wirklich sehr starke Nerven. Als Reiter übrigens auch, das kann ich dir mal sagen! Ich auf einem Schwan – da freue ich mich ja schon richtig!"

Jette starrt ihn an. Ihre Mundwinkel zucken, dann schreit sie los.

„Du hast ja gar keine Ahnung! Das ist ein Spitzen-outfit! Ich habe mir total Mühe gegeben, um aus diesem Schrottmaterial was Tolles zu machen."

„Hallo, Leute, kein Streit!", mischt sich nun Lina ein. „Natürlich sind die Kostüme ganz toll, Jette. Ich glaube, Lucas ist nur gerade etwas gestresst. Ist auch kein Wunder nach diesem Chaos in der Reitbahn. Ist doch so, Lucas, oder?" Sie schaut ihn scharf an. Er zögert, dann nickt er.

„Jaja, du hast recht. Bin vor lauter Stress eben einfach ausgerastet." Er holt tief Luft. „Tut mir leid, war nicht so gemeint. Ich gehe mal nach meinen kleinen Reitschülern gucken. Tschüss." Dann stapft er aus der Reithalle.

Heiliger Hafersack: Lucas ist ein Heiliger, ein Ausbund an Sanftmut und Selbstbeherrschung. Ich hätte mich nicht bei Jette entschuldigt! Für keinen Möhrensack der Welt!

Die toten Augen des Herrn Dracula

„Also dieses Pony", sagt Jette jetzt bestimmt zum dreiunddreißigsten Mal und schüttelt dabei den Kopf. „So was von unerzogen."

Ich habe es längst aufgegeben, ihr zu erklären, dass Pferde nun mal Fluchttiere sind. Dass der arme Bulli von den vielen Federn und dem ganzen Geflatter, das da an seiner Decke, in der Mähne, am Schweif, eben überall an ihm herumbaumelte, völlig in Panik versetzt wurde.

Zum Glück hat Lucas sich schnell wieder beruhigt und Jette nicht durch den Fleischwolf gedreht. Einen Moment lang hat es gefährlich danach ausgesehen.

„Jetzt kann ich alles noch mal machen. Unmöglich!", motzt Jette weiter. Sie sitzt bereits wieder im Herrenhaus am großen Tisch und begutachtet den Federschmuck.

„Soll ich dir helfen?", biete ich an. Trine nickt, was wohl bedeuten soll, dass sie auch mithelfen würde.

Doch Jette wedelt genervt mit der linken Hand, als ob sie uns wie lästige Fliegen verscheuchen will. „Nein, lieber nicht." Jette sagt zwar nicht, warum. Doch ihr Blick spricht Bände. Sie hält uns eindeutig für untalentiert.

„Okay, wenn du uns hier nicht brauchst, dann würde ich jetzt noch mal rüber zur Reithalle gehen und schauen, ob die Studentenreiter schon fertig sind." Lucas und ich haben vorhin nämlich beschlossen, die Halle doch noch heute Abend zu schmücken.

„Ich komme mit!", ruft Trine wie aus der Pistole geschossen.

Drüben in der Halle ist das Springtraining gerade zu Ende. Lucas räumt bereits die Sprünge zur Seite, während die Studenten ihre Pferde noch im Schritt und mit übergeworfenen Abschwitzdecken durch die Halle führen.

„Die Generalprobe ist ja nun eindeutig danebengegangen", brummt Lucas. „Ich glaube nicht, dass Bulli sich morgen noch mal so behängen lässt. Wobei ich mich auch echt frage, warum Wally ein Schwan und Bulli ein Paradiesvogel ist. Es geht doch um Halloween und um Gruselkostüme."

Lucas' Vater klopft ihm aufbauend auf die Schulter. „Aber Lucas, du weißt doch, wenn die Generalprobe misslingt, wird die Premiere perfekt."

„So ist es!", stimme ich Herrn Schulze-Naumann zu. „Und was die Kostüme betrifft, bin ich mir sicher, dass Jette sich etwas ganz Tolles für uns ausgedacht hat. Bestimmt

reitet Graf Dracula auf einem unschuldigen Schwan. Ist doch 'ne coole Idee." Bloß nicht wieder schlechte Stimmung aufkommen lassen – BLOß NICHT!

„Morgen wird's super. Ich spüre es, ganz genial!"

Tatsächlich hellt sich Lucas' Miene nun wieder etwas auf.

„Graf Dracula auf 'nem Schwan, klingt schon genial. Und du dann als Zombie auf einem Paradiesvogel?!" Er grinst.

Okay, als Zombie sehe ich mich jetzt noch nicht, aber ich verkneife mir den Kommentar.

Gemeinsam machen wir uns daran, die Reithalle zu schmücken. Frau Schulze-Naumann schleppt jede Menge Gruselzeugs an: Gummiskelette, riesige Spinnweben, Hexenhüte, sogar ein großer Totenkopf aus Pappmachee ist dabei.

„Wahnsinn", sage ich zu Lucas, nachdem seine Mutter im Reiterstübchen verschwunden ist, wo sie die ersten Vorbereitungen fürs Grusel-Büfett treffen will. „Wo habt ihr nur das ganze Zeugs her?"

„Mama steht total auf Halloween. Unser Speicher ist mit Deko und Kostümen und all so 'nem Kram randvoll."

Lucas klingt nicht so, als ob er von der Gruselschocker-Leidenschaft seiner Mutter begeistert wäre.

„Wuuuh“, macht Trine und lässt mir von hinten das Bein eines großen Gummiskeletts über die Schulter baumeln. Blöderweise erschrecke ich mich und kreische wie angestochen los. Daraufhin lacht Trine sich fast scheckig und Lucas stimmt sofort mit ein.

Doch meine Rache ist fürchterlich, denn ich schnappe mir eine Handvoll schleimige Würmer, die wir auf die Bande gelegt haben, und stecke sie Trine bei nächster Gelegenheit heimlich in die Jackentasche.

Zwei, drei, sieben Sekunden warte ich, dann frage ich sie scheinheilig: „Trine, hast du vielleicht ein Taschentuch für mich?“

Trine nickt und greift in ihre Jackentasche.

„Iiihhh, bääähhh, was-was ist da-das?", kreischt sie hysterisch und schüttelt sich angewidert.

Lucas und ich biegen uns vor Lachen, woraufhin Trine endlich kapiert, dass ich sie veräppelt habe.

„Doofe Nuss", grinst sie und streckt mir die Zunge heraus. „Na warte."

Ich tue so, als würden meine Beine zittern.

Nach einer ganzen Weile sind wir dann endlich mit dem Schmücken der Reithalle fertig. Mein Magen knurrt, als würde 'ne Großfamilie von Braunbären darin wüten.

„Ich muss jetzt erst mal was essen", sage ich zu Trine und Lucas.

Als hätte Frau Schulze-Naumann nur auf ihren Einsatz gewartet, geht die Tür des Reiterstübchens auf und sie ruft: „Wenn ihr mit der Halle fertig seid, dann kommt doch ins Reiterstübchen. Hier gibt es ein paar leckere Kostproben für euch."

„Super!“, freue ich mich. „Ich habe nämlich schrecklichen Kohldampf.“

Trine geht es genauso. Nur Lucas hält sich komischerweise zurück. Dabei ist er doch immer derjenige, der ständig Hunger hat. Das Reiterstübchen ist kaum wiederzuerkennen. Lucas hat mir zwar schon erzählt, dass seine Mutter ein großer Halloween-Fan ist und sich jedes Jahr wie verrückt auf die Party freut, doch damit habe ich echt nicht gerechnet. Aus dem sonst so urgemütlichen Raum ist eine dunkle und mit dicken Spinnweben verhangene Kammer des Grauens geworden. Ich entdecke Totenköpfe, rostige Ketten, abgesägte Hände, blutrünstige Fledermäuse, ja, sogar eine echt schreckliche Ritterrüstung und obwohl ich weiß, dass nichts davon echt ist, läuft mir ein eiskalter Schauer über den Rücken.

„Lina, oha, das ist ja richtig spooky“, murmelt Trine neben mir und hakt sich bei mir ein. Sie rückt mir richtig eng auf die Pelle.

Ich murmele: „Damit habe ich auch nicht gerechnet.“

Auf dem kleinen Herd hinterm Tresen köchelt eine glibberige Eiteraugensuppe. Daneben steht eine Schüssel mit blutigem Zehennagelsalat auf der Holzarbeitsplatte.

„Möchtet ihr mal die toten Augen von Graf Dracula probieren?“, fragt Lucas’ Mutter und hält Trine und mir einen Teller mit unzähligen blutverschmierten Augen in einer schleimigen Flüssigkeit hin.

„Nein danke.“ Angewidert schüttelt Trine den Kopf. „Das ist voll eklig.“

Ich stimme ihr zu. „Widerlich. Und mit Dracula will ich sowieso nichts zu tun haben.“

Frau Schulze-Naumann lacht. „Keine Sorge, das sind nur runde Gebäckstücke, die ich mit gruseligen Blutspritzern aus Himbeersirup verziert habe."

Trotzdem haben weder Trine noch ich Appetit. Frau Schulze-Naumann bietet uns noch weitere *Köstlichkeiten* an, die wir aber allesamt auf gar keinen Fall probieren möchten.

„Lina, sag mal, so hätte ich dich gar nicht eingeschätzt", wundert Frau Schulze-Naumann sich und grinst.

Dito, denn ich hätte andersherum auch nicht vermutet, dass Lucas' Mama eine Gruselschocker-Seite hat.

Als wir kurz darauf zu uns rübergehen und ohne Abendessen gleich in meinem Zimmer verschwinden, liegt Jette schon auf ihrer Matratze.

„Da seid ihr ja", murmelt sie verschlafen. „Ich habe alles fertig bekommen. Auch eure Kostüme, Lina. Sie liegen drüben auf dem Tisch im Herrenhaus." Dann klappen ihr einfach die Augen zu und keine zehn Sekunden später ist sie eingeschlafen.

„Die Arme hat sich völlig verausgabt", flüstere ich Trine zu und habe ein schlechtes Gewissen.

Doch Trine winkt ab. „Wenn sie vor Erschöpfung einschläft, dann kann sie wenigstens nicht an ihre Eltern denken und ist nicht traurig."

Auch wieder wahr! Trotzdem grummelt es leicht unheilvoll in meinem Magen. Als ob irgendetwas nicht stimmen würde. Aber vielleicht hat das auch nur was mit dem echt ekligen Halloween-Büfett drüben im Horror-Reiterstübchen zu tun.

Es klingelt Sturm an unserer Haustür. Das bekomme ich natürlich mit. Aber ans Aufstehen denke ich nicht eine Sekunde. Mama ist da und wird schon aufmachen. Und warum derjenige, der da vor der Tür steht, seinen Finger nicht mehr vom Klingelknopf kriegt, ist mir ehrlich gesagt gerade völlig egal. Ich bin todmüde. Was kein Wunder ist, denn Trine und ich haben die halbe Nacht gequatscht.

Jemand kommt die Treppe raufgestürmt. Es poltert wie verrückt. Im nächsten Moment wird meine Tür aufgestoßen und Lucas steht mitten im Zimmer.

„Sag mal, Jette, hast du 'nen Vollknall?!", motzt er sofort los.

Trine und ich schießen gleichzeitig erschrocken hoch und starren Lucas verwirrt an.

„Was ... spinnst du?", krächze ich.

Lucas' Gesicht ist dunkelrot. „Ich soll als Märchenprinz gehen. Als kitschiger Märchenprinz, der auf einem Schwan reitet. Geht's noch? Mann, Jette, das ist ein Halloween-Kostüm-Wettbewerb. Und der findet nicht in Disneys Traumschloss statt."

„Was redest du denn da für einen Mist", ranze ich Lucas an. „Und warum stürmst du wie angestochen in mein Zimmer? Lucas, verdammt, ich find's grad echt nicht lustig."

Lucas guckt mich an und nickt „Warte erst mal, bis du dein Kostüm siehst, Lina. Du bist nämlich ein Affe. Aber kein Halloween-Affe, sondern ein peinlicher Pinkes-Herzchen-Affe, der auf einem Papagei reitet. Bulli wird doppelt begeistert sein."

„Hä ...?" Was Besseres fällt mir dazu gerade nicht ein.

Jette anscheinend auch nicht, denn sie rührt sich nicht.

„Jette? Hallo, aufwachen", sage ich zu ihr.

Doch nichts geschieht.

Trine beugt sich zu ihr rüber und stupst sie sacht an. Als sich immer noch nichts regt, zieht sie die Bettdecke ein Stückchen zur Seite. Zum Vorschein kommen der Länge nach zusammengerollte Klamotten und eines meiner Sofakissen. Von Jette keine Spur!

„Ähm ... wo ist Jette?"

Ähm ... das würde ich auch gerne wissen?!

Aufbruch des Suchtrupps

„Bulli! Buuullliii! BUUULLLIII!!!"

Wer? Wie? Wo? Was? Ich?? Ich schrecke aus dem Tiefschlaf hoch. Wally hängt schon fast in meiner Box und bollert mit seinen Vorderhufen immer wieder gegen die Trennwand. Genervt rapple ich mich aus meinem kuscheligen Strohbett auf.

„Sag mal, geht es noch? Ich hatte gerade einen wunderschönen Traum. Von leckerem Müsli und frisch gequetschtem Hafer. Was soll denn das? Ich wecke dich schließlich auch nie, wenn du schläfst!" Und dabei hätte ich dazu reichlich Gelegenheit, denn die alte Penn-Nase Wally döst fast den ganzen Tag vor sich hin.

Wally reagiert allerdings nicht auf meinen berechtigten Einwand, sondern bollert weiter gegen die Boxenwand.

„Bulli, du musst uns hier rausholen! Sofort! Ich kriege unsere Türen nicht auf – du schon!"

Ach du heiliger Strohsack! Brennt es etwa? Sofort springe ich auf meine vier Hufe, recke den Kopf in die Luft und sauge hektisch Luft durch meine Nüstern. Hm, kein Brandgeruch. Besonders nah kann das Feuer dann nicht sein.

„Bist du sicher, dass es brennt?", will ich von Wally wissen.

„Es brennt? Oh mein Gott! Wie furchtbar!", heult Wally regelrecht auf und sieht sich panisch um.

„Hä? Du hast doch gerade gesagt, dass es brennt", hake ich nach. „Oder etwa nicht?"

„Wie kommst du denn darauf?"

Gute Frage. Wie kam ich da gleich noch mal drauf? Genau: weil Wally wollte, dass ich uns aus den Boxen befreie. Das Wort *Feuer* fiel nicht. Jedenfalls nicht wortwörtlich. Das habe ich mir anscheinend ausgedacht, weil ich noch so verschlafen war.

„Okay, Missverständnis", räume ich ein. „Aber warum genau willst du denn aus der Box?"

„Weil etwas anderes Schlimmes passiert ist!" Wallys Stimme klingt auf das Höchste alarmiert.

„Nämlich?"

„Jette ist verschwunden!"

Wenn Wally ein Mensch wäre, hätte er jetzt rote Flecken im Gesicht. Meine Laune hingegen bessert sich schlagartig. Ich komme mit meinem Kopf über die Boxenabtrennung, sodass ich Wally nun direkt angucken kann.

„Na, und?", rufe ich fröhlich, „klingt für mich eher nach einer guten Nachricht."

Wally schüttelt empört den Kopf.

„Bulli! Also wirklich! Jette ist ein ganz tolles Mädchen, ich mache mir große Sorgen."

„Tolles Mädchen. Geht so, würde ich sagen. Mich hat sie gestern mit einer Nähnadel in den Po gestochen, der Rest ist bekannt. Rumzicken tut sie auch die ganze Zeit – also, wenn du mich fragst: Ich vermisse sie nicht."

An Wallys angelegten Ohren kann ich sehen, dass er ganz und gar nicht meiner Meinung ist, mehr noch, dass er sich gerade wirklich über mich ärgert. Kratzt mich nicht. Ihn hat die doofe Jette schließlich auch nicht gepikst.

„Bulli, du musst mir helfen, sie zu finden!", fleht mich der olle Schimmel jetzt an. „Sie hat mich gestern in einen wunderschönen Schwan verwandelt! Sie hat in meine Seele geblickt und gesehen, was wirklich in mir steckt!"

Jetzt bin ich es, der den Kopf schüttelt.

„Sie hat in deine Seele geblickt? Und darin steckt ein wunderschöner Schwan? Auweia, Wally, langsam mache ich mir wirklich Sorgen um dich!"

Nun legt Wally die Ohren so stark an, dass sie schon fast nach unten zeigen.

„Ja, mach du dich nur lustig über mich! Du hältst mich doch sowieso für einen Dummkopf!"

Bilde ich mir das ein – oder hat Wally jetzt Schaum vor dem Mund? Jedenfalls knirscht er nun gewaltig mit den Zähnen, bevor es weiter aus ihm herausbricht.

„Das ist so gemein von dir!", schäumt er, „immer sind nur die Sachen wichtig, die dir etwas bedeuten. Wenn ich mal mit etwas ankomme, lachst du mich aus. Weißt du was? Du bist gar nicht mein Freund. Du tust nur so!"

Zack! Das hat gesessen! Denn tatsächlich mache ich mich ziemlich oft über Wally lustig. Und vielleicht ist das wirklich nicht immer besonders nett von mir. Auf alle Fälle bin ich aber ein echter Freund, denn Wally bedeutet mir viel! Ich drehe mich also um und strecke meinen Kopf über die Boxentüre. Dann schiebe ich mit dem Maul den Riegel zur Seite, sodass die Türe langsam aufschwingt. Draußen vor der Box mache ich das Gleiche mit Wallys Tür, die kurz darauf offen steht.

„So, bitte sehr!", murmele ich. Wally schaut erst erstaunt, dann schreitet er langsam aus seiner Box heraus.

„Danke", bemerkt er knapp. Okay, er ist immer noch beleidigt. Ich beschließe, das zu ignorieren und ihn einfach tatkräftig zu unterstützen. Dann wird er schon merken, dass ich sehr wohl ein wahrer Freund bin.

„So, jetzt mal von vorn, Wally – wie kommst du überhaupt darauf, dass diese Jette verschwunden ist?"

„Ganz einfach: Der gesamte Hof sucht nach ihr. Linas Mutter, Onkel Hape, die Schulze-Naumanns – alle erwachsenen Menschen sind in hellem Aufruhr. Ich habe genau gehört, wie Linas Mutter es Frau Schulze-Naumann erzählt hat. Und dann haben sie sogar schon hier bei uns im Stall geguckt!"

Ups. Ich muss wirklich sehr tief und fest geschlafen haben, denn davon habe ich überhaupt nichts mitbekommen. Ich wiege meinen Kopf bedächtig hin und her.

„Gut, ich sehe ein: Das ist ein Notfall! Aber was genau sollen wir nun tun? Ich meine, wie du selbst sagst, es suchen ja schon alle Zweibeiner nach ihr."

„Bulli, ich habe Jette heute früh gesehen! Ich habe gesehen, wie sie über den Hof geschlichen ist, und ich weiß auch, in welche Richtung sie gegangen ist! Es war noch etwas dunkel und womöglich hat sie den Weg zu Onkel Hapes Hof nicht gefunden und ist irgendwie in die Feldmark geraten. Bestimmt irrt sie jetzt planlos im Wald herum, das arme Mädchen! Wir müssen ihrer Spur folgen." Er reißt aufgeregt seine großen, dunklen Augen auf.

„Ihrer Spur folgen?“, wiederhole ich ungläubig. „Wally, wir sind doch keine Jagdhunde. Du bist ein altes Springpferd und ich ein ausgemustertes Dressurpony. Was soll denn dabei rumkommen?“

Nun reckt und streckt sich mein Kollege und steht vor mir mit breiter Brust.

„Ja, wir sind keine Jagdhunde. Aber riechen können wir fast genauso gut. Wir sind nur nicht in dieser Disziplin ausgebildet worden. Verglichen mit Menschen sind wir trotzdem Supernasen. Überleg doch mal, was du alles erschnuppern kannst, während unsere Zweibeiner so gar nichts davon mitkriegen.“

Ich lege den Kopf schief und denke nach. Gut, ich kann Wasser aus einer größeren Entfernung riechen. Mit Lina muss ich schon direkt vor einem See stehen, bis sie merkt, dass wir da sind. Und, na klar, Futter. Rieche ich deutlich vom Reitplatz aus, ob der Stallhelfer das leckere Müsli schon in meiner Box abgeliefert hat. Und Angst. Speziell menschliche Angst – die rieche ich sofort. Zum Beispiel gestern in der Reithalle: Die Shetty-Reitkinder hatten alle sehr

doll Angst. Heiliger Hafersack, vielleicht hat Wally doch recht und wir könnten Jettes Fährte folgen. Ich nicke ihm zu.

„Okay, lass es uns versuchen. Du gehst voran, schließlich hast du sie gesehen und findest vielleicht den Anfang ihrer Fährte."

Wally schiebt sich vorsichtig aus der Stalltür und trabt dann langsam zu der alten Kastanie direkt vor unserem Stall.

„Hier war es. Hier ist Jette vorbeigehuscht."

Ich folge ihm und schnuppere den Boden ab, Wally tut es mir nun gleich. Mit gesenkten Häuptern laufen wir einmal um den Baum herum und ich bin sehr froh, dass uns niemand dabei sieht. Derjenige würde vermutlich denken, wir hätten beide den Verstand verloren!

„Riechst du was?", will Wally von mir wissen. Ich schüttle den Kopf.

„Nee, bisher noch nicht. In welche Richtung ist sie denn gegangen?"

„Ich bin mir nicht ganz sicher, aber ich glaube Richtung Feldweg."

Der Feldweg trennt gewissermaßen die Grundstücke von Schulze-Naumanns und Onkel Hape. Es ist kein richtiger Weg, eher eine breitere Rinne, in der sich bei schlechtem Wetter schon mal das Regenwasser sammelt, aber seine Verlängerung mündet eben in die Feldmark hinter den Höfen.

Ich schnüffele also die Rinne entlang. Und tatsächlich: Da hängt er! Da hängt noch der Hauch eines Geruchs, der eindeutig von Jette stammt!

Sonderbare Dinge geschehen, und das hat nichts mit Halloween zu tun

„Als hätte sie sich in Luft aufgelöst“, murmelt Mama fassungslos.

„Zumindest scheint sie freiwillig verschwunden zu sein“, sagt Onkel Hape. „Eine Klamotten-Attrappe unter die Bettdecke legen, das tut man ja nicht, wenn man nur mal eben rüber ins Bad huschen oder einen kleinen Morgenspaziergang machen möchte.“

Mama stimmt ihm zu, als Trines Handy *Pling!* macht. Onkel Hape schenkt ihr einen genervten Blick, er findet Handys schrecklich. Ganz besonders bei Kindern. Stundenlang kann er sich darüber aufregen, wie viel kostbare Zeit man heutzutage mit diesen nervigen Dingern vergeudet. Und dass gerade Kinder so was doch überhaupt nicht brauchen. Sie sollen lieber in der Natur spielen und ruhig auch mal Langeweile haben, anstatt ständig auf ihr doofes Handy zu gucken.

„Nur wer auch mal Langeweile hat, der kann kreative Gedanken entwickeln", ist einer seiner Lieblingssätze. Außer der Sache mit den Handys ist Onkel Hape aber echt okay.

Ungerührt von Onkel Hapes vorwurfsvollem Blick kramt Trine ihr Handy aus der Hosentasche hervor und guckt aufs Display.

Im nächsten Moment kreischt sie: „Ich habe eine Nachricht von Jette!"

Mama springt wie eine Raubkatze auf Beutefang auf Trine zu und entreißt ihr das Handy.

Ihr Brustkorb hebt und senkt sich ultraschnell, während sie laut liest: „Trine, hey, tut mir total leid, dass ich dich einfach so sitzen lassen habe. Ich bin mit dem ersten Zug zurück nach HH. Stehe schon vor der Haustür. Richte bitte Lina aus, sie soll nicht sauer sein, aber diese Landluft ist nichts für mich. Gruß-Kuss von Jette."

„WAS?" Ich fasse es nicht. Jette ist einfach abgehauen. Ohne ein Wort. Wie fies ist das denn bitte schön!

„Hm, sie scheint wirklich ziemlich neben der Spur zu sein", versucht Mama, Jettes unmögliches Verhalten auch noch zu entschuldigen.

Ich schnaufe ärgerlich durch. Ganz ehrlich, ich habe wirklich enorm-megagroßes Verständnis, dass sie Kummer wegen ihrer Eltern hat. Absolut! Ich habe mich mit Lucas ihretwegen gestritten. Ich habe meinen Bulli vernachlässigt. Ich habe Frau Schulze-Naumann überredet, die schon fertigen Kostüme zu verstecken. Und wann ich die letzte Gassi-Runde mit Karlchen gedreht habe, daran kann ich mich gar nicht mehr erinnern. Und was macht Jette – sie verzieht sich klammheimlich. Lässt nicht mal 'nen Zettel da. Hier sind alle spinatgrün vor Sorge um sie. Mama hat die ganze Zeit Schnappatmung und selbst mein sonst so tiefenentspannter On-

kel Hape rennt hektisch durch die Gegend, als würde er, sobald er stehen bleibt, einen fiesen Stromschlag verpasst kriegen.

„Doofe Kuh!", knurre ich. Ich weiß, so was sagt man nicht. Und erst recht nicht über seine beste Freundin. Aber haut man einfach so ab? Ohne ein Wort? Und alle sind in heller Aufregung? Nö! Macht man nicht! Geht gar nicht! Also finde ich, die doofe Kuh passt tausendprozentig zu Jettes Verhalten.

„Lina, sie hat das bestimmt nicht gemacht, um dich zu ärgern", meint Mama.

Doch ich will nichts mehr hören und wende mich ab, um rüber zu Bullis und Wallys Stall zu marschieren. Ich muss mich bei meinem Pony entschuldigen. UNBEDINGT!

„Sie geht nicht an ihr Handy", sagt Trine, die inzwischen versucht hat, Jette anzurufen.

Logo. Würde ich an ihrer Stelle auch nicht tun. Jette muss absolut klar sein, dass wir sie ziemlich anmotzen werden.

„Und auf dem Festnetz erreiche ich auch niemanden", redet Trine kurz darauf weiter.

„Komisch", sagt Mama und hört sich schon wieder ganz kurzatmig an. „Hast du die Handynummer von Jettes Mutter oder Vater, Trine?"

Lucas kommt angehetzt, genau in dem Augenblick, als Trine sagt: „Ja, die von Jettes Mama."

„Bulli und Wally sind ausgebüxt!", keucht er. „Wahrscheinlich wegen der Horrorkostüme deiner Freundin Jette."

Ja klar doch. Ich halte Bulli zwar für ein unglaublich kluges Pony, aber dass er das Weite sucht, weil er an Halloween nicht als Papagei gehen will, nö, bei all meiner Bulli-Liebe, das ist BLÖDSINN!

„Ja, guten Morgen, Frau Günteroth", höre ich Trine hinter uns zwitschern. „Ich kann Jette nicht auf dem Handy erreichen, bestimmt ist ihr Akku mal wieder leer. Können Sie sie mir vielleicht mal kurz geben?"

Stille!

Dann wird Trine ganz weiß und reicht ihr Handy wortlos an Mama weiter.

Zehn Minuten später ist alles wieder ganz anders. Jette ist nämlich nicht zu Hause, wie sie Trine geschrieben hat. Dafür sind Jettes Eltern nun in höchster Aufregung auf dem Weg zu uns. Onkel Hape hat sogar schon bei der Polizei angerufen und wollte Jette als vermisst melden. Doch der Beamte am Telefon hat gemeint, Jette wäre noch nicht lang genug verschwunden. Onkel Hape regt sich deshalb so sehr auf, dass er knallrote Flecken im Gesicht und am Hals hat.

„Und wenn sie entführt wurde?", krächzt Trine. „Schließlich sind Jettes Eltern ziemlich reich."

Mama schüttelt wild den Kopf. „Blödsinn! Bei uns auf dem Land wird doch niemand entführt."

Onkel Hape räuspert sich leise. „Sag das nicht. Vor vier Jahren hat es drüben auf dem Ferienhof der Dickmanns mal einen Entführungsfall gegeben."

„WAS?", kreischt Mama. „Wer denn?"

„Der Django."

„Wer ist Django?"

„Der Zuchtbulle. Ein prächtiger Kerl. Es hat sich hinterher herausgestellt, dass Enno Bender ihn sich von der Weide weggeschnappt hat, weil Hannes Dickmann ihm angeblich noch Geld geschuldet hat. Das war vielleicht 'ne Aufregung."

Mama guckt Onkel Hape an, als würde ihm eine zweite Nase wachsen.

„Hape", krächzt sie fassungslos. „Du willst jetzt doch wohl nicht das Verschwinden eines Bullen mit dem von Jette vergleichen?!"

Onkel Hape kapiert wohl, dass die Bullenentführung von damals nicht das Beste war, was er gerade von sich geben konnte, und verneint leicht beschämt.

Ich bin hin- und hergerissen zwischen der Sorge um

Jette und der um Bulli und Wally. Wo sind die beiden nur abgeblieben?

„Jette wird doch wohl nicht mit den beiden Jungs durchgebrannt sein", denkt Lucas laut nach, als wir bestimmt zum vierten Mal hinten bei den Reitplätzen nach den Vermissten suchen. Inzwischen haben sich neben Lucas' Eltern auch einige der Einsteller an der Suche beteiligt. Es ist schon fast zwölf Uhr und in vier Stunden soll eigentlich die Halloween-Party beginnen. Es sind noch unzählige Vorbereitungen zu treffen – doch das ist im Moment einfach allen egal. Jette ist verschwunden – und nun auch noch Bulli und Wally. Nach einer Halloween-Party ist hier gerade niemandem zumute.

Bei den Reitplätzen ist nach wie vor nichts zu entdecken. Von hier aus kann man bis zum Waldrand sehen – quasi die ganze Feldmark überblicken. Lucas hat sich das Fernglas seines Vaters geschnappt und ist auf den Traktor geklettert, der hier hinten neben der Scheune steht.

„Und? Siehst du was?“, will ich aufgeregt wissen.

„Nee, wenn sie nach hinten raus sind, dann haben sie längst den Wald erreicht“, schnauft Lucas. Er klettert vom Trecker und schüttelt den Kopf. „Aber das macht einfach alles keinen Sinn. Bulli und Wally hauen nicht ab. Niemals. Auf jeden Fall nicht freiwillig. Wally ist viel zu ängstlich und Bulli viel zu verfressen. Wenn die ausbüxen, dann nur, um sich in der Scheune am Heu oder an den Müslisäcken heimlich den Wanst vollzuhauen.“

„Oder um gegen Onkel Hapes Hintertür zu treten“, gebe ich Lucas recht, „weil er Sehnsucht nach mir hat, mein lieber Bullifreund.“ Ich spüre, wie mir Tränen in die Augen steigen. Verdammt! Und wenn das mit der Entführung doch kein Blödsinn ist? Vielleicht wollte Bulli Jette zu Hilfe kommen oder mir Bescheid sagen und ist dann gleich mitentführt worden?!

Aber wo um alles in der Welt ist dann Wally abgeblieben?

Pony oder Spurenleserhund?

Bei meinen neuen Hufeisen! In jedem Pony steckt tatsächlich ein Jagdhund! Ich muss nämlich gestehen, dass mir das Verfolgen von Jettes Fährte Spaß macht. Nachdem ich einmal ihre Witterung aufgenommen hatte, war es nicht so schwer, ihren Weg in Richtung Feldmark zu verfolgen. Er führte nämlich schnurstracks vom Hof herunter und zum Wald, der hinter den Feldern am Hof liegt.

Das allerdings passt mit der Theorie von Wally, dass sich Jette vielleicht verlaufen hat, nicht so richtig zusammen. Denn wenn man sich verläuft, dann geht man doch eher mal im Kreis oder läuft einen Zickzackkurs, oder etwa nicht? Jette aber scheint ganz gezielt zum Wald gelaufen zu sein. Sehr seltsam!

Ich bleibe stehen und schnaufe einmal tief durch. Wally stellt sich neben mich.

„Was ist denn? Hast du noch etwas Besonderes erschnüffelt?“, will er wissen.

„Nein“, antworte ich. „Ich wundere mich nur, dass Jette eine so gerade Linie gelaufen ist. Müsste sie nicht wenigstens ein paar Kringel gedreht haben, wenn sie sich im Dunkeln verlaufen hat?“

Wally legt den Kopf schief, seine Ohren hängen zur Seite. Offenbar denkt er scharf nach.

„Hm. Du meinst, sie hatte ein Ziel? Könnte natürlich sein. Ich habe ja auch nur gesagt, dass ich glaube, sie könnte sich verlaufen haben. Sicher weiß ich es nicht. Lass mich auch mal schnuppern."

Er senkt den Kopf und schreitet noch einmal den Feldweg auf und ab, schnüffelt, prustet, flehmt und hebt dann wieder den Kopf.

„Du hast recht. Es ist eine gerade Linie", stellt Wally schließlich fest.

„Hey", kläfft auf einmal ein dünnes Stimmchen aus dem Hintergrund, „wisst ihr eigentlich, wie bescheuert ihr ausseht?"

Rostige Hufnägel – wer spuckt denn hier so unverschämte Töne? Wally und ich fahren herum und sehen: Karlchen Kotelett! Linas kleiner Hund ist uns offenbar gefolgt.

„Was willst du denn hier, du halbe Portion?", fahre ich den unverschämten Kerl an.

„Na, dasselbe wie ihr vermutlich", entgegnet der Terrier frech, „Jette suchen!"

„Prrüüühhh!", schnaube ich. „Woher willst du wissen, was wir gerade machen?"

Karlchen setzt sich auf seinen Hunde-Po und schaut mich verschmitzt an.

„Ist doch wohl glasklar, du dickes Pony! Ihr trabt hier mit gesenkten Häuptern über den Weg und seht dabei aus wie zwei Jagdhunde für Arme. Kein Zweifel – ihr seid auf Spurensuche."

Wühahaha! PRRÜÜÜH! Dickes Pony? Jagdhunde für Arme? Der tickt wohl nicht sauber! Ist dem Köter eigentlich klar, dass ich ihn mit einem einzigen Tritt ins Jenseits befördern könnte? Ich fasse es nicht! Bevor ich den doofen Kotelett aber so richtig zusammenfalten kann, mischt sich Wally ein.

„Findest du, dass wir wie Jagdhunde auf der Suche aussehen? Das ist ja toll!", ruft er fröhlich. „Wir haben nämlich auch tatsächlich schon etwas gefunden!"

Ich würde ihm jetzt sehr gern um seine langen Holsteinerohren hauen, dass sich Karlchen über uns lustig gemacht hat und dass „Jagdhunde für Arme" nun wirklich kein Kompliment ist. Aber dann sehe ich, wie sehr sich Wally freut, und beschließe, einfach mal meine Klappe zu halten. Nicht, dass Wally wieder eine Krise bekommt, weil er denkt, dass ich ihn für dämlich halte!

Stattdessen beschließe ich, mal ein paar Informationen aus Karlchen Kotelett herauszukitzeln, die vielleicht hilfreich für uns sein könnten.

„So, du Schlaufuchs, dann erzähl mal“, fordere ich ihn auf, „was weißt du über Jettes Verschwinden? Die Menschen haben sich doch bestimmt darüber unterhalten. Was ist da los?“

Karlchen Kotelett guckt betont langsam zwischen Wally und mir hin und her – ganz so, als müsse er sich erst noch überlegen, was er uns erzählen darf.

„Pass mal auf, du Winzling“, knurre ich ihn daraufhin so gut an, wie man als Pony nur knurren kann, „du packst jetzt endlich aus, oder du verziehst dich. Im Moment behinderst du nämlich unsere Ermittlungen!“

Karlchen Kotelett guckt mich erstaunt an und ich bin ein bisschen stolz, hier mal einen Satz anbringen zu können, den ich mal aufgeschnappt habe, als sich der Pfleger beim Boxenmisten eine Sendung im Radio angehört hat, bei der die Polizei eine große Rolle spielte. Da wurde auch ständig ermittelt und jeder, der die Polizei dabei gestört hat, bekam richtig Ärger!

Bei Karlchen scheint die Botschaft nun jedenfalls angekommen zu sein. Er räuspert sich.

„Also, Jungs, es ist so: Jette war heute Morgen einfach verschwunden. Hatte ein paar Klamotten so ins Bett gepackt, dass man erst mal dachte, sie liegt noch drin. Dabei war sie aber schon abgehauen. Dann hat sie den Mädchen eine Nachricht geschickt, dass sie wieder nach Hause gefahren ist. Nur: Da ist sie nie angekommen. Und ihr Handy hat sie auch ausgemacht. Jetzt ist die Sorge groß, dass sie in Wirklichkeit entführt worden ist, versteht ihr?"

Ich nicke langsam.

„Ja, versteh ich. Unsere Ermittlungen haben allerdings ergeben, dass sie heute früh vor unseren Boxen war und von da aus direkt Richtung Wald gelaufen ist. Ohne Umwege. Also, wenn sie jemand abgefangen hat, dann kann es nicht hier auf dem Hof passiert sein. Und verlaufen haben kann sie sich hier auch noch nicht, dafür ist die Spur zu ... äh ... zielstrebig, würde ich sagen."

Karlchen legt den Kopf schief.

„Das heißt, entweder sie hatte ein Ziel und dort ist sie immer noch – oder sie wurde erst auf dem Weg dorthin entführt? Also müssen wir auf alle Fälle die Spur verfolgen."

Wally fletscht entschlossen die Zähne.

„Genau. Und dann finden wir dort entweder Jette. Oder Hinweise auf ihren Entführer."

Wow! Messerscharf! Heiliger Hafersack, vielleicht ist Wally doch schlauer, als ich immer dachte!

„Auf geht's, Kameraden!", wiehert er nun entschlossen und trabt los, die Nase immer auf dem Boden.

Karlchen Kotelett und ich traben hinter Wally her. Hier im Wald ist es nicht besonders hell, aber da wir die Spur sowieso nicht sehen, sondern nur riechen können, ist das egal. Gewissenhaft schnuppern wir an jedem Tannenzapfen und jedem Laubblatt, das vor uns auf dem Weg

liegt. Wobei „Weg" es nicht ganz trifft, denn mittlerweile sind wir schon tief ins Unterholz geraten, traben über knackende Äste und immer weicher werdenden Boden, während wir uns zwischen den Bäumen hindurchdrängen. Karlchen hat damit natürlich keine Probleme, aber für mich und Wally wird es ganz schön eng. Außerdem versacken wir mit den Hufen immer stärker im morastigen Waldboden – ein unangenehmes Gefühl! Ich hoffe sehr, dass wir bald am Ziel angelangt sind – wo auch immer es sein mag!

„Hier muss es irgendwo sein!", wiehert Wally. „Ihr Geruch ist jetzt wirklich sehr stark!"

Ich bleibe stehen und schaue mich um. Aber sosehr ich mich auch recke und strecke, ich kann keine Jette entdecken. Dafür aber ein seltsames Holzkonstrukt, ein paar Meter vor uns am Rande einer kleinen Lichtung. Lange Pfähle ragen nach oben, bis hoch in die Baumwipfel, verbunden durch Leitersprossen, und auf ihnen thront eine Art Häuschen. Jettes Fährte führt genau dorthin!

„Prrr, wühaha! Was ist das?", will ich wissen. Wally schlägt mit dem Schweif hin und her.

„Keine Ahnung. Nie gesehen."

„Aber ich!", kläfft Karlchen Kotelett selbstbewusst und sprintet auf das komische Holzdings zu. „Das ist ein Hochsitz!"

„Was?" Dieses Wort habe ich definitiv noch nie gehört.

„Ein Hochsitz", wiederholt Karlchen. „Der Jäger setzt sich da oben mit seinem Gewehr hin und wartet darauf, dass Tiere auf die Lichtung kommen, zum Beispiel ein Reh, und dann schießt er. Peng! Fall erledigt!"

Prrr, das ist ja grauenhaft! Unwillkürlich muss ich mich schon beim bloßen Gedanken daran schütteln. Karlchen starrt mich an und kläfft munter weiter.

„Was hast du denn? Jagen macht Spaß!"

„Ich würde sagen, das kommt stark darauf an, auf welcher Seite des Gewehrs man sich befindet", erwidere ich und wundere mich wirklich, dass sich der kleine Terrier offenbar für eine solch grausliche Angelegenheit begeistern kann. Aber so wie in meinen Adern edelstes Reitponyblut fließt, so ist Karlchen wahrscheinlich durch und durch Jagdhund mit fünfhundert Jagdhundvorfahren.

„Hoch- oder Tiefsitz, ist doch völlig wurscht", schnauft Wally, „Jette muss hier irgendwo sein. Los! Nichts wie hin da!"

Er galoppiert auf den Hochsitz zu, als auf einmal ein klatschendes Geräusch ertönt und Wasser zu allen Seiten spritzt. Auweia! Wally ist direkt in einen kleinen Teich gesprungen, der bis eben noch von Laub bedeckt war. Jetzt steht er bis zur Brust im Wasser und schaut verdutzt. Karlchen Kotelett rollt sich auf dem Waldboden vor Lachen.

„Oh Mann, wie krass ist das denn? Du bist in den Tümpel gehüpft! Oder soll ich besser sagen: gefallen?"

Wally schüttelt sich, sodass die Wassertropfen nach links und rechts spritzen, und klettert aus dem Tümpel heraus.

„Ich weiß gar nicht, was es da zu lachen gibt!", schimpft er. „Ich war so auf den Geruch konzentriert, dass ich den Teich nicht gesehen habe. Mit den ganzen Blättern obendrauf sah der wie der Waldboden aus."

„Tschuldigung", hechelt Karlchen, „es sah nur so lustig aus. Aber was ist denn jetzt mit dem Mädchen? Ich finde auch, dass es hier überall sehr stark nach Jette riecht. Wo ist sie denn bloß?"

Ich manövriere mich vorsichtig um den Teich herum und laufe zum Hochsitz. Hier ist der Geruch wirklich sehr stark. Und er scheint über mir zu schweben. Ich blicke nach oben – und dann sehe ich es! Hängt da nicht ein Stück Stoff? Eine Jacke oder ein Pullover, auf der letzten Sprosse, bevor der Holzverschlag anfängt! Tatsächlich! Ich flehme, um den Geruch besser aufnehmen zu können.

„Heiliger Hafersack!", rufe ich laut. „Ich glaube, ich habe gefunden, was hier so stark nach Jette riecht. Guckt mal!"

Wally und Karlchen tauchen sofort neben mir auf.

„Jau! Das ist Jettes Jacke!", bellt Karlchen. „Ich erkenne sie wieder. Sieht genauso aus und riecht auch so."

„Dann fehlt jetzt nur noch Jette", stellt Wally zufrieden fest und beginnt gleich darauf, laut zu wiehern und zu schnauben. Im Hochsitz regt sich allerdings gar nichts. Ich trete mit meinen Vorderhufen gegen die Leiter. RUMMMSRUMMSBUMMS! Immer noch nichts. Keine Jette schaut aus dem Häuschen, allerdings fallen nun Tropfen auf meine Nase. Offensichtlich ist die Jacke von Jette klatschnass.

„Gute Güte!" Wally reißt die Augen auf. „Hoffentlich bedeutet die nasse Jacke nicht, dass Jette in den Teich gefallen ist und nun auf dem Grund treibt."

Karlchen verdreht die Augen.

„Mann, Wally, denk doch mal nach – wenn sie mit Jacke in den Teich gefallen ist, ist sie auch wieder rausgekommen. Sonst hätte sie kaum ihre Jacke an der Hochsitzleiter aufhängen können."

Wally legt den Kopf schief. Ehe er noch etwas zu Karlchens Einwand sagen kann, fasse ich einen Entschluss.

„Jungs!", verkünde ich mit fester Stimme, „hier kommen wir ohne menschliche Hilfe nicht weiter. Wir können nämlich alle nicht auf den Hochsitz klettern und nachschauen, ob Jette da oben ist. Ich hole Hilfe! Ihr haltet hier die Stellung. Nur für den Fall, dass Jette doch noch auftaucht."

Die beiden nicken zustimmend, ich drehe mich um und presche wieder in Richtung Hof. Auf halber Strecke stelle ich dabei etwas höchst Interessantes fest: Es gibt hier noch eine zweite Spur von Jette! Und sie führt auf den hinteren Teil des Hofes!

Ich überlege kurz, ob ich dieser Spur gleich folgen soll. Nein. Zuerst muss ich Lina und Lucas holen. Sie müssen erfahren, was Wally, Karlchen und ich gefunden haben. Und zwar sofort!

Seitenstiche, Waldtümpel und eine heisse Spur auf dem Hochstand

„Bulli!“, rufe ich und spüre, wie mir ein zentnerschwerer Stein vom Herzen fällt. Mein schwarzes Pony kommt quer über den Ponyhof auf mich zugaloppiert. Ich laufe ihm entgegen und schlinge meine Arme um seinen Hals.

„Mein Junge, wo warst du denn? Ich habe mir solche Sorgen gemacht“, schniefe ich in sein warmes Fell. Es fühlt sich ganz nass an, mein Pony muss ziemlich lange und vor allem schnell galoppiert sein.

Bulli schnaubt und scheint sich auch sehr zu freuen, wieder nach Hause gefunden zu haben und mich zu sehen.

Womöglich ist er sogar aus den fiesen Fängen der miesen Entführer entkommen? QUATSCH! Hier in der Lüneburger Heide werden höchstens mal Zuchtbullen entführt!

„Was ist denn bloß passiert? Und wo ist Wally?", krächze ich aufgeregt und erleichtert zugleich.

Bulli geht einen Schritt zurück und scharrt mit dem rechten Vorderhuf im Sand. Dann macht er auf der Hinterhand kehrt und trabt ein paar Schritte zurück in Richtung Feldmark, aus der er gerade gekommen ist.

„Bulli!", rufe ich. „Bleib hier!"

Tatsächlich kommt er zu mir zurück.

„Braver Junge", lobe ich ihn, als Lucas neben uns auftaucht. Er war kurz zuvor im Herrenhaus der Schulze-Naumanns verschwunden, weil er dringend aufs Klo musste.

„Gerade sind Jettes Eltern auf den Hof deines Onkels gefahren. Also, ich schätze, dass die das sind. Dicker Benz und große Aufregung." Dann aber kapiert er endlich, dass Bulli wieder da ist, und bekommt Augen wie Radkappen. „Bulli, Mann, was für'n Glück. Ich hab mich schon langsam von diesem bescheuerten Entführungsgequatsche anstecken lassen." Er klopft Bulli den Hals und schaut sich um. „Wo ist Wally?"

Ich hebe ratlos die Schultern. „Keine Ahnung. Bulli ist eben aus der Feldmark angaloppiert gekommen. Von Wally nichts zu sehen." Und etwas leiser füge ich noch hinzu: „Und von Jette leider auch noch immer nicht."

Bulli fängt erneut mit dem Huf zu scharren an. Diesmal so heftig, dass er eine richtige Kuhle in den Sandweg wühlt.

„Er will uns was sagen, da bin ich mir sicher!", rufe ich und Lucas nickt.

Auf Onkel Hapes Hof höre ich eine Stimme in heller Aufregung rufen: „Und warum ist die Polizei noch nicht hier? Ich fasse es nicht, warum hat man nicht längst mit der Suche nach Jette begonnen?!" Ich bin mir sicher, das war Jettes Mutter.

Bulli trabt erneut ein paar Schritte von uns weg.

„Und er will uns wohl auch etwas zeigen", fügt Lucas hinzu.

Ich nicke. Bullis Verhalten ist ziemlich eindeutig. „Ich sage schnell den anderen Bescheid, dass wir mit Bulli nach Wally suchen. Vielleicht ist er in irgendeinen Graben gerutscht?" Wally ist manchmal etwas trottelig, deshalb kann es schon angehen, dass er nicht auf den Weg geachtet hat und jetzt in einem der vielen schmalen Gräben, die hier die Wege säumen, feststeckt.

„Ich glaube nicht, dass es irgendjemand auf dem Hof gerade interessiert, wo Wally abgeblieben ist", meint Lucas. „Die haben wegen Jette schon genug Stress."

Wo er recht hat, hat er recht!

Bulli trabt weiter und Lucas rennt los. Ich stehe da und kann mich nicht entscheiden: Soll ich den anderen erst Bescheid sagen oder lieber jetzt sofort hinter Bulli herlaufen?

„Wartet, Lucas, Bulli, nicht so schnell, ich komme mit!“, entscheide ich mich und sprinte los.

Es geht schnurstracks in den Wald hinein. Ich renne so schnell ich kann, doch Bulli ist sowieso schneller und Lucas leider auch.

„Wartet!“, rufe ich den beiden hinterher. „Vielleicht sollte ich auf Bulli reiten. Ich bin nicht so schnell wie ihr.“ Klar, Lucas muss dann immer noch laufen. Aber wie bereits gesagt, ich bin hier leider die lahme Schnecke und Lucas ist der Sprinter.

Doch dann biegt Bulli in einen ziemlich schmalen Pfad ein.

„Der führt zum Tümpel“, keucht Lucas.

Auweia, hoffentlich ist Wally nicht in den Tümpel gefallen. Oder rundherum in den Boden eingesackt, der Untergrund ist dort nämlich ziemlich morastig.

Bulli galoppiert zielstrebig weiter. Die Angst um den alten Schimmel verleiht mir nochmal etwas frische Energie und ich renne so schnell weiter, dass ich fast schon Lucas einhole. Doch nach ein paar Metern bekomme ich die schlimmsten Seitenstiche meines Lebens.

Mir geht komplett die Puste aus. Nach Luft schnappend bleibe ich stehen, beuge mich nach vorne und stütze mich auf meinen Oberschenkeln ab.

„Lucas“, ächze ich. „Ich ka-kann ni-nicht me-mehr …“

Wuff-Wuff-Wuff!

„Da bellt ein Hund“, sagt Lucas.

Ähm, logisch ist das ein Hund. Dass Wally bellen kann, wäre mir neu.

„Das ist bestimmt Karlchen.“

„Quatsch!“, keuche ich, komme mit dem Oberkörper etwas hoch und entdecke am Ende des schmalen Pfads tatsächlich …

„Karlchen!“, rufe ich völlig perplex. „Was machst du denn hier?“

Mein kleiner Jack-Russell-Terrier kommt im Renngalopp auf mich zu, springt freudig an mir hoch und schießt dann genauso schnell wieder dorthin zurück, von wo er gerade gekommen ist.

Lucas hat die Stelle bereits erreicht. „Hier ist ein Jägerhochstand!", ruft er mir zu. „Und hier ist auch Wally."

Himmel, wie ist der alte Holsteiner denn bitte schön dort hinaufgekommen?

Ich richte mich wieder vollständig auf und schleppe mich zum Hochstand. Wally steht daneben. Zum Glück. Gedanklich habe ich mich nämlich schon darauf eingestellt, dass wir Wally mit einem Kran vom Hochsitz hieven müssen.

„Geht es ihm gut?", frage ich Lucas.

Der zuckt mit den Schultern. „Ich schätze schon. Auf jeden Fall kann ich keine Verletzungen entdecken. Allerdings auch keinen Grund, warum er sich nicht von dem Hochstand weggerührt hat und Bulli alleine zurück zum Hof gekommen ist. Tja, und was Karlchen mit den

beiden zu tun hat ..." Lucas kratzt sich umständlich am Hinterkopf. „Ich hab nicht den geringsten Schimmer."

Bulli schnauft und geht einen Schritt zur Seite. Er streckt sich, macht den Hals ganz lang und schnappt nach irgendetwas, das sich auf dem Hochsitz befindet. Ich klettere auf die unterste Sprosse und greife mir das Teil.

„Das ist eine Jacke", murmle ich schließlich. Und bei genauerer Betrachtung weiß ich auch, zu wem sie gehört.

„Verflixt, Lucas, das ist Jettes Jacke. Und sie ist klitschnass!", krächze ich.

Bulli wiehert, als ob er auf genau diese Auskunft von mir gehofft hätte, während Lucas die Gesichtszüge entgleiten.

„Wenn ihre Jacke hier liegt, Lucas, bedeutet das, dass sie vielleicht doch entführt wurde? Oder, noch schlimmer, im Teich ertrunken ist?" Mir jagen kalte Schauer über den Rücken.

Lucas schüttelt den Kopf.

„Also, ertrunken bestimmt nicht. Denn dann läge die Jacke doch nicht auf der Leiter, sondern mit Jette zusammen im Teich. Aber entführt ..." Er macht eine Pause und zuckt hilflos mit den Schultern. „Ich weiß es nicht, Lina, ich hab echt keinen Plan. Auf jeden Fall ist alles verdammt eigenartig."

Bulli scheint im Gegensatz zu uns so was wie einen Plan zu haben. Er scharrt erneut mit dem Huf, wiehert und dann rennt er los. Wally setzt sich ebenfalls in Bewegung und auch Karlchen startet kläffend durch.

„Sie wollen uns noch was zeigen!", ruft Lucas.

Ich sage nichts. Ich renne einfach nur hinter den beiden Pferden, Karlchen Kotelett und Lucas her.

Verrückterweise geht es auf direktem Weg zurück auf den Ponyhof der Schulze-Naumanns. Bulli trabt jetzt. Vielleicht weil es schwierig ist, wenn man mit den Nüstern fast über den Boden schleift. Es sieht beinahe so aus, als würde er schnüffeln – eine Spur erschnüffeln. Aber Bulli ist ein Pony, kein Suchhund. Oder können auch Ponys Fährten schnüffeln? Hm ... ich weiß es echt nicht. Karlchen und Wally scheinen sich auf jeden Fall auf Bullis Nase zu verlassen, denn sie bleiben immer schön hinter ihm.

Wir erreichen die Reitplätze, kommen an der großen Scheune vorbei, es geht weiter zu dem Unterstand für die Maschinen und dann stehen wir schließlich vor Oma Gertruds ehemaligem Hühnerstall.

Bulli wiehert aufgeregt. Karlchen kläfft und Lucas beugt sich vor, um die Tür aufzuziehen.

Überraschung im Hühnerstall

Ha! Bei meinen Nüstern – meine Ponynase hat mich nicht im Stich gelassen! Da sitzt sie tatsächlich: Jette hockt im alten Hühnerstall, zitternd wie Espenlaub und ist in eine alte Decke eingewickelt!

„Jette!" Lina stürzt auf ihre Freundin zu. Täusche ich mich, oder läuft Jette eine Träne über die Wange? Nein, sie weint tatsächlich. Und jetzt schüttelt es sie regelrecht, während Lina sie in den Arm nimmt.

„Schhh, schhh ...", versucht sie, ihre Freundin zu beruhigen, aber die schluchzt wirklich herzzerreißend. Wally wirft mir einen besorgten Blick zu.

„Mensch, Bulli, die arme Jette! Was ist bloß passiert?"

Karlchen Kotelett flitzt auf die Mädchen zu, springt an ihnen hoch und schlabbert ihnen über die Hände. Soll wahrscheinlich trösten, ich bezweifle allerdings, dass die beiden das überhaupt bemerken.

Lina bittet Lucas, drüben auf Onkel Hapes Hof Bescheid zu sagen, dass sie Jette gefunden hätten. Schon rennt Lucas los und kommt kurz darauf mit einer Horde von aufgeregten Menschen zurück. Inzwischen ist es Lina gelungen, Jette ein bisschen zu beruhigen, und sie lässt sie los. Sofort sackt Jette wieder wie ein Häufchen Elend in sich zusammen.

Ihre Mutter stürzt auf sie zu.

„Jette, mein kleiner Schatz! Was ist denn bloß passiert? Wir haben uns solche Sorgen gemacht!"

Auch sie will ihre Tochter umarmen, aber Jette wehrt sie ab. Dann schnieft sie einmal kräftig und beginnt stockend zu erzählen.

„Ja, das solltet ihr auch! Ich dachte, wenn ihr mich vermisst und ihr euch gemeinsam Sorgen macht, dann kommt ihr wieder zusammen."

Nun kommt auch Jettes Vater und stellt sich neben seine Frau. Soweit ich als Pony das beurteilen kann, sieht er nachdenklich aus.

„Was meinst du denn mit *wieder zusammen*?", fragt er seine Tochter. Die schiebt den Unterkiefer nach vorn und guckt sehr böse.

„Jette?", hakt er nach.

„Meint ihr etwa, ich bin doof und hätte nichts gemerkt?", fährt sie ihn schließlich an.

Nun ist es ihre Mutter, die ratlos nachfragt. „Aber was denn merken, um Gottes willen?"

Dazu sagt Jette nichts mehr. Lina, die mittlerweile wieder neben ihr sitzt, legt den Arm um sie.

„Jette, nun mal der Reihe nach. Was genau ist passiert? Nicht nur deine Eltern, wir alle haben uns totale Sorgen gemacht. Also, jetzt mal Klartext!"

Jette schluchzt noch einmal, dann fängt sie stockend zu erzählen an: „A-also, ich-ich habe letzte Woche zufällig ge-gehört, wie Mama Tante Anja am Telefon erzählt hat, dass sie und Papa sich trennen wo-wollen."

„Aber Jette!", ruft ihre Mutter nun laut, „ich habe doch ..."

„Unterbrich mich nicht!", schreit Jette ihre Mutter an, die daraufhin mit großen Augen tatsächlich verstummt.

„Ich war seitdem so unglaublich traurig, wie man es sich gar nicht vorstellen kann. Es ist niedlich, wie Lina und Trine versucht haben, mich zu trösten. Aber es hat nichts gebracht. Ich fühle mich immer noch schrecklich. Dann habe ich mir überlegt, dass es sich Mama und Papa noch einmal anders überlegen, wenn ... ja, wenn irgendetwas passiert. Wenn *mir* irgendetwas passiert. Wenn ich zum Beispiel verschwinde. Also habe ich es so aussehen lassen, als wäre ich nach Hause abgehauen. Ich war mir sicher, dass ihr meine Eltern anrufen würdet. Im Wald wollte ich mich verstecken und warten, bis Mama und Papa kommen. Aber dann bin ich in diesen Scheiß-Tümpel gefallen. Hatte den gar nicht gesehen, da lagen so viele Blätter drauf."

Wally wiehert und reißt den Kopf hoch.

„Seht ihr, das passiert nicht nur mir!", blubbert er mich an.

„Ja, ja, ist schon recht", entgegne ich kurz angebunden, denn ich will natürlich hören, was Jette weiter zu erzählen hat.

„Als ich da wieder rausgeklettert bin, war ich klatschnass und es war eiskalt. Erst bin ich auf dieses komische Teil geklettert. Habe gedacht, vielleicht ist es da wärmer, ist ja immerhin so 'ne Art Hütte. Aber dort war es so dunkel und gruselig und überhaupt auch windig. Also bin ich wieder runter und habe beschlossen, mir ein geschütztes Plätzchen zu suchen. Einfach zurückgehen wollte ich nicht, weil ich mich mittlerweile so schlecht fühlte, mit meinen nassen Haaren und voller Schlamm und weil ich euch angelogen hatte."

Sie schluchzt noch einmal laut auf.

„Also bist du im alten Hühnerstall gelandet", schlussfolgert Lucas.

Jette nickt geknickt.

„Ja, er liegt ja etwas abseits. Hier konnte ich hinschleichen, ohne gleich gesehen zu werden. Ich habe reingeguckt, habe gesehen, dass die Hütte leer ist, mir dann aus dem Stall nebenan eine alte Pferdedecke geschnappt und mich hier versteckt."

„Und wieso hast du deine Jacke auf dem Hochsitz gelassen?", will Lina wissen.

„Na ja, die hatte sich so mit Wasser vollgesogen, die war total schwer und kalt. Also habe ich sie ausgezogen und dann dort vergessen."

Lina schlägt sich die Hand vor die Stirn.

„Oh Mann! Das ist also die logische Erklärung! Und ich dachte schon, dass dich jemand entführt hat! Ich hatte solche Angst um dich, Jette!"

„Tut mir leid", murmelt Jette und schlägt die Augen nieder. Nun räuspert sich ihre Mutter.

„Jette, Mausilein! Das ist alles so schlimm, aber vor allem ein Riesenmissverständnis! Papa und ich wollen uns doch gar nicht trennen! Ich habe mit Tante Anja über eine Freundin gesprochen, die sich völlig überraschend von ihrem Mann getrennt hat. Warum hast du denn nicht nachgefragt, wenn du gedacht hast, ich hätte von Papa und mir gesprochen?"

Jette reißt die Augen auf.

„Ihr wollt euch gar nicht trennen?"

„NEIN!", rufen ihre Eltern nun im Chor. „Absolut nicht!"

Heiliger Hafersack! Oder um mal im Hühnerstall zu bleiben: heilige Hühnerkacke! Das ist ja wirklich unglaublich! So viel Aufregung wegen eines belauschten Telefonats. Diese Zweibeiner sind wahre Meister darin, aus einer Mücke einen Elefanten zu machen. Oder eben aus einem Huhn einen Flugsaurier!

Nun lässt sich Jette doch von ihrer Mutter in den Arm nehmen und ihr Vater wiederum nimmt beide in den Arm. Jette schluchzt noch ein bisschen, ob aus Erschöpfung oder Freude, lässt sich nicht so genau sagen.

Wally schüttelt den Kopf und wendet sich zum Raustraben und auch ich will gerade gehen, als Lina neben uns auftaucht und uns beide am Hals streichelt.

„Ihr seid wahre Helden, ihr beiden! Wenn ihr Jette nicht aufgespürt hättet, dann würden wir sie noch immer verzweifelt suchen und ich wäre vor Angst schon durchgedreht! Dafür ist jetzt eine Extraportion Möhren fällig."

Wühaha! Eine ausgezeichnete Idee! Auch Wally wackelt fröhlich mit den Ohren.

„Die habt ihr euch wirklich verdient und die bekommt ihr auch genau jetzt", fährt Lina fort, „das passt auch gut, dann könnt ihr euch gleich stärken."

Hä? Stärken? Wofür denn? Offenbar sehe ich ratlos aus, denn nun setzt Lina zu einer Erklärung an.

„Na, stärken für unsere große Halloween-Party. In drei Stunden ist es so weit! Jetzt, wo sich das Drama aufgeklärt hat, können wir doch alle entspannt zusammen feiern und Jettes Eltern die tollen Kostüme vorführen, die ihre Tochter extra für euch designt hat." Sie zwinkert mir zu.

OH NEIN! Rostige Mistforke! Das darf doch nicht wahr sein! Jetzt soll ich tatsächlich dieses schreckliche Kostüm tragen? Na, wenn ich das geahnt hätte – ich hätte Jette in dem stinkenden Hühnerstall einfach sitzen lassen!

Die Welt ist wirklich ungerecht.

Von Märchenprinzen und Paradiesvögeln

„Und der, oder besser gesagt, die Gewinner des diesjährigen Halloween-Kostüm-Wettbewerbs sind ..." Herr Schulze-Naumann steht als Gruselwicht verkleidet in der Mitte der Reithalle und macht eine bedeutungsvolle Pause, um die Spannung noch zu steigern. Er schaut noch einmal alle Teilnehmer des Kostüm-Wettbewerbs genau an. Angefangen bei Claas und seinem Don als schauriges Schimmelreiter-Duo. Weiter zu Ella und ihrem Fuchspony Fred, die sich als Hexe und schwarzer Kater verkleidet haben. Dann kommen noch vier Paare, die in Dracula- und in Hexen-Outfits stecken, und schließlich Lucas, der schnulzige Märchenprinz auf seinem bildschönen Schwan Wally und am Ende dann Bulli, mein kunterbunter Paradiesvogel und ich, im Äffchen-Kostüm. Ich rechne mir keine großartigen Chancen aus, denn an Halloween erinnert unsere Kostümierung nur mit sehr, sehr viel Fantasie. Außerdem ist mein persönlicher Favorit Claas mit seinem Don als Schimmelreiter-Team. Die sehen wirklich einfach nur genial aus.

Doch zu meiner Überraschung verkündet Lucas' Papa schließlich: „Es war ein Kopf-an-Kopf-Rennen, doch am Ende ist die Entscheidung auf Lina und Bulli gefallen. Herzlichen Glückwunsch, ihr beiden, für das wohl ungewöhnlichste Halloween-Kostüm, das es jemals bei unserem Halloween-Kostüm-Wettbewerb gegeben hat."

Alle applaudieren und ja, ich gebe es zu, ich freue mich wie verrückt.

„Bulli", raune ich meinem Pony überglücklich zu, „hast du gehört, wir sind auf dem ersten Platz gelandet. Ist das nicht total verrückt ... verrückt schön?!" Ich klopfe Bulli begeistert den Hals, woraufhin er den Kopf hochwirft und wiehert. Ich weiß nicht, ob vor Freude oder weil ihm das knallbunte Federkostüm, das er trägt, nach wie vor nicht ganz geheuer ist.

„Auf dem zweiten Platz hat die Jury Claas und seinen Don als Schimmelreiter gesehen", verkündet Herr Schulze-Naumann weiter und alle applaudieren.

„Und der dritte Platz ist ebenfalls mit einem wirklich außergewöhnlichen Halloween-Team besetzt, nämlich Lucas als Märchenprinz und Wally als wunderschöner Schwan. Auch euch, herzlichen Glückwunsch."

Lucas klopft Wally lachend den Hals. „Oh Mann, damit habe ich echt nicht gerechnet!", ruft er verdattert.

Herr Schulze-Naumann erwähnt noch, dass der erste Platz sowie der dritte Platz Entwürfe der talentierten Modedesignerin Jette sind, woraufhin Jette vor Verlegen-

heit knallrot anläuft und dann ziemlich überschwänglich von ihren Eltern geherzt wird.

Bei der Ehrenrunde trabt keines der Pferde so stolz und ganggewaltig wie Wally durch die Halle. Ich wusste gar nicht, dass der alte Spring-Holsteiner seine Beine so hochwerfen kann. Aber anscheinend hat ihm sein Schwanenkostüm im wahrsten Sinne des Wortes Flügel verliehen.

Als wir die Pferde zurück in ihre Boxen bringen, ist Wally immer noch völlig außer Rand und Band.

Bulli und Wally bekommen eine Extraportion Hafer und noch ganz viele Streicheleinheiten, bevor Lucas und ich rüber ins Grusel-Reiterstübchen gehen, wo wir von den anderen schon sehnsüchtig erwartet werden.

„Da seid ihr ja endlich", sagt Frau Schulze-Naumann, die sich als Frau Dracula verkleidet hat und echt gruselig aussieht. „Die Siegerin des Kostüm-Wettbewerbs darf sich nämlich als Erste am Büfett bedienen."

Ähm … ich weiß nicht so recht, ob das wirklich ein Gewinn ist. Das Büfett sieht echt eklig aus. Doch alle Augen sind auf mich gerichtet und schließlich bleibt mir nichts anderes übrig, als mir den Teller vollzuladen – und dann ganz schön zu staunen, wie lecker *entzündete Zehennägel* schmecken.

Die Stimmung ist gruselig-fröhlich. Es wird gegessen und getrunken – leckerer Blut-Mix und gelber Eitersaft – und später sogar ein bisschen getanzt.

Irgendwann steht dann plötzlich Jette vor mir. „Lina, ich möchte mich noch mal ganz doll bei dir entschuldigen, wie unmöglich ich mich benommen habe. Dafür schäme ich mich wirklich."

Ich winke großzügig ab. „Ist ja am Ende alles gut geworden. Das ist das Einzige, was zählt", finde ich und nehme Jette in den Arm.

„Danke, Lina", schnieft Jette.

Trine gesellt sich zu uns und legt ihre Arme um Jette und mich. „Mädels, egal, ob wir uns nur hin und wieder sehen können, das Wichtigste ist die Freundschaft und dass es für immer und ewig so bleibt", findet sie und ja, da hat sie vollkommen recht.

Als Jette und Trine etwas später auf die Rückbank im Auto von Jettes Papa rutschen und kurz darauf vom Hof rollen, winke ich ihnen nach.

„Und", sagt Lucas leise, der neben mir steht, „bist du sehr traurig, dass die beiden nun wieder weg sind?"

Ich schüttele den Kopf. „Nö, sie kommen ja ganz bald wieder. Und außerdem habe ich ja dich."

Lucas grinst. „Stimmt. Du bist ein echter Glückspilz!"

„Doofi", kichere ich und dann gehen wir zusammen zurück ins Reiterstübchen des Schreckens, wo Mama und Onkel Hape gerade einen echt schrägen Gespenstertanz aufs Parkett legen. Ach du gruseliger Höllenschreck, gruftiger geht's echt nicht.

Viel, viel später statte ich dann aber noch einmal Bulli und Wally einen kurzen Besuch ab.

Ich klopfe Wally den Hals und gratuliere ihm noch mal zu seinem tollen Auftritt als Schwan, bevor ich in Bullis Box husche. Liebevoll lege ich meine Arme um seinen Hals.

„Danke, mein Süßer, danke für einfach alles. Aber vor allem für deine Freundschaft ..." Bulli schnaubt zufrieden und mir geht es genauso: Ich bin wirklich glücklich und sehr zufrieden.

Anhang

Hier findet ihr noch ein echt schauriges Rezept für euer Halloween-Büfett!

Draculas Gebiss

Zutaten:

100 g Zartbitterschokolade – 150 g weiche Butter – 150 g feiner brauner Zucker – eine Prise Vanillezucker – Salz – zwei Eier (Gr. M) – 225 g Mehl – 200 g Puderzucker – rote und gelbe Lebensmittelfarbe – 100–120 g weiße Minimarshmallows – 28 Mandelstifte – Backpapier

So geht es:

Zwei Backbleche mit Backpapier auslegen. Ofen vorheizen (E-Herd: 200 °C / Umluft: 175 °C / Gas: s. Hersteller). Für die Cookies Schokolade hacken. Butter, Zucker, Vanillezucker und 1 Prise Salz mit den Schneebesen des Rührgeräts cremig rühren. Erst 1 Ei und dann Mehl unterrühren. Schokolade untermischen. Mit zwei Esslöffeln je 7 große Teighäufchen mit großem Abstand zueinander auf die Bleche setzen und etwas flach drücken

(6–7 cm Ø). Im Backofen 12–15 Minuten backen. Heiße Cookies sofort mit einem Messer halbieren. Alle Cookies auskühlen lassen. Für das Zahnfleisch Puderzucker und 1 Eiweiß mit den Schneebesen des Rührgeräts kurz zu einem glatten, dicken Guss verrühren. Mit roter und etwas gelber Lebensmittelfarbe zahnfleischfarben einfärben. Die Oberseite einer Cookiehälfte mit Guss bestreichen. Dabei den Guss bis dicht an den Rand dick auftragen. Für die Zähne die Marshmallows dicht an dicht auf den Guss stellen. Die andere Cookiehälfte auf der Unterseite auch mit Guss bestreichen, auf die Marshmallows legen. Leicht andrücken. 2 Mandelstifte als Vampirzähne rechts und links der beiden Vorderzähne in den Guss drücken. Gebisse ca. 2 Stunden trocknen lassen.

Pferde-Leckerlis selbstgemacht!

Anis-Apfel-Leckerlis

Zutaten:

2 geriebene Äpfel – 500 g Cornflakes – 125 g Haferflocken – 100 g Mehl – 100 g Zucker – 2 Teelöffel Backpulver – 1 Esslöffel Anis – 60 Milliliter Sonnenblumenöl

So geht es:

Alle Zutaten gut miteinander vermischen und zu flachen Plätzchen formen. Bei 180 Grad ca. 20 Minuten backen. Anschließend zwei Tage trocknen lassen. Bitte zeitnah verfüttern.

Fencheltaler-Leckerlis

Zutaten:

200 g Vollkornmehl – 100 g Weizenkleie geschrotet – 50 g Fenchelsamen – 250 g Honig oder Zuckerrübensirup

So geht es:

Alle Zutaten gut miteinander vermischen und zu kleinen Talern formen. Die Taler auf ein mit Backpapier ausgelegtes Blech geben und dann bei 180 Grad ca. 20 Minuten backen. Zwei Tage trocken lassen. Bitte innerhalb von 7 Tagen verfüttern.

Knackige Nuss-Leckerlis

Zutaten:

200 g Margarine – 200 g Traubenzucker – 100 g gemahlene Haselnüsse – 100 g Sonnenblumenkerne – 200 g Früchtemüsli – 4 Esslöffel Honig

So geht es:

Margarine in einer größeren, am besten mit Teflon beschichteten Pfanne bei mittlerer Hitze schmelzen lassen. Nach und nach Traubenzucker und Honig beimischen und so lange rühren, bis alles miteinander verschmolzen ist und einen zähen Brei ergibt. Jetzt werden die gemahlenen Haselnüsse, die Sonnenblumenkerne und das Früchtemüsli untergemengt. Die Masse auf Backpapier ausbreiten und abkühlen lassen. Anschließend ca. 3 cm dicke und 10 cm lange Riegel daraus schneiden. Fertig sind die leckeren Nussknacker! Bitte innerhalb von 3–4 Tagen verfüttern.

Apfel-Knusper-Leckerlis

Zutaten:

4 große geriebene Äpfel – 100 g Cornflakes – 200 g Vollkornhaferflocken – 1 Tasse Öl – Mehl – Apfelsaft

So geht es:

Die Äpfel mit den Haferflocken, den Cornflakes und dem Öl vermischen. Nach Bedarf Apfelsaft oder Mehl hinzugeben, bis sich der Teig gut formen lässt. Backblech mit Backpapier auslegen und den Ofen auf 150 Grad vorheizen. Den Teig mit einem Löffel in kleinere Häufchen auf das Backblech geben und 45 Minuten backen. Abkühlen lassen und erst nach drei Tagen verfüttern, wenn die Plätzchen richtig durchgetrocknet sind.

Frauke Scheunemann, geboren 1969 in Düsseldorf, ist promovierte Juristin. Sie absolvierte ein Volontariat beim NDR und arbeitete anschließend als Journalistin und Pressesprecherin. Seit 2002 ist sie freie Autorin. Ihre Romane um den Kater Winston waren monatelang auf den Bestsellerlisten. Frauke Scheunemann ist verheiratet und lebt mit ihrem Mann, ihren vier Kindern und dem kleinen Hund Elmo in Hamburg.

Antje Szillat begann bereits mit acht Jahren, Geschichten zu schreiben. Von diesem Zeitpunkt an war es ihr größter Wunsch, Schriftstellerin zu werden. Heute schreibt die gebürtige Hannoveranerin sehr erfolgreich Bücher für Kinder, Jugendliche und Erwachsene. Antje Szillat ist verheiratet und hat vier Kinder. Zur Großfamilie gehören auch vier Pferde, zwei Hunde, jede Menge Teichfische und viele, viele Bücher. Sie lebt und arbeitet vor den Toren ihrer Lieblingsstadt Hannover.

Susanne Göhlich wurde 1972 in Jena geboren. Schon während ihres Kunstgeschichtsstudiums in Leipzig gestaltete sie Plakate und illustrierte selbst erdachte Geschichten. Heute illustriert Susanne Göhlich Bücher für Kinder, entwirft Plakate und schreibt und illustriert auch viele eigene Bücher. Susanne Göhlich lebt mit ihrer Familie in Leipzig.

Hier kommt Bulli, das schlauste Pony der Welt!

ISBN 978-3-7855-8452-1

Bulli ist das klügste Pferd im Stall, nur leider hat das noch niemand kapiert. Da taucht Lina auf dem Nachbarhof auf - für Bulli Liebe auf den ersten Blick! Dieses Mädchen muss seine Reiterin werden! Einziges Problem: Lina findet nichts blöder als Ponys ... Doch dann gerät sie in Riesenschwierigkeiten, weil ein Dieb die wertvollen Koikarpfen ihres Onkels gestohlen hat. Endlich kann Bulli Lina beweisen, was in ihm steckt!

Loewe
Das will ich lesen!

Beste Freunde halten zusammen!

ISBN 978-3-7855-8453-8

Bulli und Lina sind endlich dicke Freunde geworden.
Und da Freunde immer alles zusammen machen,
muss Lina schleunigst reiten lernen! Als ehemaliges Turnierpony
ist Bulli da natürlich der perfekte Lehrer. Oder etwa nicht?
Irgendjemand scheint Bulli Steine in den Weg legen zu wollen!
Gemeinsam mit den anderen Ponys macht er sich
auf die Socken, äh, auf die Hufe, um den Bösewicht zu stellen.

Loewe
Das will ich lesen!

Das will ich lesen!

ISBN 978-3-7855-8454-5

Bulli und Lina sollen an der großen Fuchsjagd teilnehmen. Für Bulli als bestes Turnierpony der Welt kommt das natürlich überhaupt nicht in Frage. Und Lina hat einfach besseres zu tun: Auf Onkel Hapes Hof soll es nämlich bald Welpen geben! Die Kleinen kommen ausgerechnet in Bullis Stall zur Welt. Als ein windiger Hundezüchter die Welpen kaufen will, sind wieder einmal Bullis und Linas Spürnasen gefragt. Und ganz nebenbei müssen die beiden noch die blöde Fuchsjagd gewinnen – eine Kleinigkeit für das schlauste Pony der Welt, oder?!